T. H. Lawrence

Der Teufel von Dublin

Neue Father Brown Krimis

T. H. Lawrence

DER TEUFEL VON DUBLIN

Neue Father Brown Krimis

benno

Bibliografische Information der Deutschen Nationalbibliothek
Die Deutsche Nationalbibliothek verzeichnet diese Publikation in der
Deutschen Nationalbibliografie; detaillierte bibliografische Daten sind
im Internet unter http://dnb.d-nb.de abrufbar.

Besuchen Sie uns im Internet:
www.st-benno.de

Gern informieren wir Sie unverbindlich und aktuell
auch in unserem Newsletter zum Verlagsprogramm,
zu Neuerscheinungen und Aktionen.
Einfach anmelden unter www.st-benno.de.

ISBN 978-3-7462-6303-8

© St. Benno Verlag GmbH, Leipzig
Umschlaggestaltung und Gestaltung des Konterfeis von Father Brown:
  Ulrike Vetter, Leipzig
Gesamtherstellung: Kontext, Dresden (A)

Inhalt

Das verschlossene Zimmer

„Nun, was halten Sie davon, Father Brown?"

Der so Angesprochene blieb stehen und ließ seine Blicke über die Villa wandern, vor der die beiden Männer standen.

„Was für ein seltsames Haus", antwortete der Priester nachdenklich, wobei seine grauen Augen unablässig die pittoresken Details des Bauwerkes studierten.

„Nicht wahr?", erwiderte Flambeau mit boshaftem Vergnügen.

„In der Tat. Als ob der Eigentümer versucht hätte, aus einer hübschen Villa eine gotische Burg zu machen. Überall diese angebauten Türme mit Zinnen. Und der gesamte Eingangsbereich wurde herausgerissen und durch ein viel zu großes Eichenportal ersetzt. Die gotischen Fensteröffnungen andererseits sind winzig, viel kleiner als die ursprünglichen Fenster, deren Umrisse teilweise noch gut zu erkennen sind. Es fehlen eigentlich nur noch Kanonen und eine Zugbrücke. Der Besitzer muss ein seltsamer Vogel sein."

„Mehr als das, Father Brown. Weit mehr als das. Darum habe ich Sie ja gebeten, mich zu begleiten. Ich bin eingeladen und mir war es möglich, auch Ihnen eine Einladung zu verschaffen. Und glauben Sie mir, eine Einladung in diese Villa – oder sollte ich sagen: in diese Burg – ist eine außergewöhnliche Seltenheit. Können Sie erraten, was es damit auf sich hat? Das Haus selbst gibt jedem, der zu sehen weiß, die Antwort."

Father Browns rundliches Gesicht legte sich in Falten. „Sollte ich etwas übersehen haben?"

„Wie gefällt Ihnen denn zum Beispiel der eingemeißelte Spruch über der Tür?"

Father Brown kniff die Augen zusammen. „*Fay ce que vouldras*. Also: *Tu, was du willst*."

„Erinnert Sie das nicht an etwas?"

„Durchaus. Aber an was? Ich fürchte, ich komme nicht drauf."

„Sagen Ihnen die *Knights of St. Francis* etwas? Bekannter sind sie allerdings unter einem anderen Namen, obwohl sie sich selbst nie so genannt haben."

„Flambeau, guter Gott, reden Sie etwa vom …?"

„Ganz recht. Vom berüchtigten Höllenfeuerclub. *Fay ce que vouldras* war sein Motto. Er wurde um 1750 von dem späteren Schatzkanzler Baron Francis Dashwood gegründet. Nur die illustresten Persönlichkeiten wurden als Mitglieder akzeptiert. Männer wie William Hogarth, Benjamin Franklin oder der Earl of Sandwich. Der Club existierte an die zwanzig Jahre. Baron Dashwood ließ unter seinem Haus einen Tempel und sogar Katakomben anlegen, wo all die geheimnisvollen Riten und Zeremonien, die zu ihren geheimen Treffen gehörten, stattfanden. Doch diente all das hauptsächlich der Fassade, der eigentliche Zweck der Knights of St. Francis war, sich ungestört amourösen Ausschweifungen hinzugeben."

Father Brown drehte nachdenklich den obersten Knopf seiner Soutane zwischen den Fingern: „Und diese Villa ist der Ort, wo all dies stattfand?"

Flambeau lachte. „Nein, dieses Ungetüm gehört zwar ebenfalls einem Mann namens Francis Dashwood, doch er ist kein Baron und, soweit ich herausfinden konnte, nicht einmal ein entfernter Verwandter. Allerdings scheint der Mann diese zufällige Namensgleichheit als Berechtigung – oder wie er selbst es formuliert: *Verpflichtung* – zu empfinden, den Höllenfeuerclub neu aufleben zu lassen, wobei *sein* Club, wie er mir ausdrücklich in seinem Einladungsschreiben versicherte, die Zeremonien wirklich ernst nähme und sie ihm nicht nur zur Fassade dienten. Die Anzahl der Mitglieder ist, wie schon beim Original, auf zwölf begrenzt doch zuweilen lädt man sich Gäste ein. Natürlich sind dem Club die zahlreichen Zeitungsberichte über meine früheren außergesetzlichen Aktivitäten nicht verborgen geblieben und anscheinend werden sie dort mit einiger Bewunderung betrachtet. So kam ich zu meiner Einladung. Selbstverständlich dachte ich dabei sofort an Sie, mein Freund, und wie sehr eine solche Gesellschaft Ihre Neugier wecken würde. Ich rühmte Sie daher als jemanden, dem es gelungen sei, einige Dutzend Verbrechen aufzuklären, indem er sich selbst in den Geist des Verbrechers versetzte. Das fand anscheinend großen Anklang, allerdings fürchte ich, dass man dabei durchaus Hintergedanken hegt: Sie müssen damit rechnen, dass man Gefallen darin findet, Sie als Priester aus der Fassung zu bringen. Andere aus der Fassung zu bringen, scheint mir überhaupt das oberste, wenn nicht das einzige Ziel dieser Männer zu sein. Also seien Sie gewarnt."

„So leicht bringt mich nichts aus der Fassung", entgegnete Father Brown amüsiert. „Im Gegenteil, ich bin höchst gespannt auf diese kuriosen Leute."

*

„Was aber, wenn die Auferstehung Jesu nichts Besonderes war, Father Brown?" Francis Dashwood blickte vom Ende der Tafel mit süffisant gespitzten Lippen auf den Priester und sogleich wurde es totenstill im Speisesaal. Es war der vorläufige Höhepunkt der seit einigen Minuten andauernden Versuche Dashwoods, den Kirchenmann zu provozieren. Eine Entwicklung, die nicht absehbar gewesen war. Zunächst waren Flambeau und Father Brown mit ausgesuchter Höflichkeit empfangen worden; Dashwood, bei dem jedem sofort nicht nur seine ungewöhnlich geringe Körpergröße, sondern auch sein diabolisch wirkender Bart in Kardinal-Richelieu-Manier ins Auge fiel, hatte den beiden Gästen die anderen elf Mitglieder, oder wie er es nannte *Brüder,* vorgestellt und sie dann durch das hochherrschaftliche Haus geführt, das mit okkultem Kitsch geradezu überladen war. Schließlich gelangte man auch in das Allerheiligste: Einen direkt aus dem Felsen geschlagenen Höhlenraum im Keller, der bis auf einen kleinen Altar in der Mitte und ein auf den Kopf gestelltes riesiges Kruzifix an der Wand völlig leer war. „Hier vollziehen wir unsere geheimen Rituale", erklärte Francis Dashwood ohne einen Funken von Ironie. Er wies auf den einzigen Zugang, eine schwere Holztür, und auf den daran befestigten großen Eisenriegel hin: „Menschen, die nicht von einem erfahrenen Großmeister in die Welt des Okkulten eingeführt worden sind, könnten diese Erfahrung seelisch nicht verkraften. Nicht mal den Anblick. Deshalb habe ich dafür gesorgt, dass niemand zu uns eindringen kann, wenn wir hier sind."

Nachdem die Führung beendet war, setzte man sich im pompösen Speisesaal, der mit Ritterrüstungen und mittelalterlichen Waffen dekoriert war, an eine lange Tafel, an deren Ende Dashwood thronte. Auf dem Tisch standen bereits dampfende Speisen, die von unsichtbaren dienstbaren Geistern serviert worden waren. Offenbar wurde nicht einmal *ihre* Anwesenheit in dieser erlauchten Runde geduldet. Während man dem exquisiten Essen zusprach, plauderte Dashwood in geistreicher Manier über die Traditionen des Höllenfeuerclubs. Flambeau und Father Brown lauschten mit großem Interesse, doch als man den Nachtisch genossen hatte und schließlich bei Zigarren und Brandy angelangt war, nahm das Gespräch eine unangenehme Wendung: Francis Dashwood begann, sich in blasphemischen Behauptungen zu ergehen, die zu abstrus waren, als dass man annehmen konnte, er selbst würde sie ernstlich glauben, und die offenbar einzig und allein dazu dienen sollten, den Geistlichen zu schockieren.

Father Brown war gelassen geblieben, doch das schien Dashwood nur noch mehr anzustacheln und er ließ eine wilde Suada vom Stapel, die schließlich in der bewussten Frage gipfelte: „Was aber, wenn die Auferstehung Jesu nichts Besonderes war?"

Das schien selbst einigen der anderen Ordensbrüder ein bisschen zu weit zu gehen, einige machten betretene Gesichter. Andere wiederum schienen sich königlich zu amüsieren, als seien sie Zuschauer eines Boxkampfes, bei dem der eine Kontrahent soeben einen fürchterlichen Schwinger gelandet hatte und nun voller Spannung die Reaktion seines Gegners erwartet wurde.

Father Brown blickte überrascht auf. „Nichts Besonderes? Die Auferstehung des Herrn? Ich fürchte, das kann ich nicht finden."

Tabakrauch quoll Dashwood aus Mund und Nase, als er antwortete, was ihm im flackernden Schein der Kerzen ein geradezu dämonisches Äußeres verlieh. „Was wäre, Hochwürden, wenn es sich wie mit dem Schwimmen verhält? Wenn man noch ein Kind ist und nicht schwimmen kann, hält man das für eine geheimnisvolle Fähigkeit, die ungeheuer schwierig zu erlernen ist. Wenn man es dann tatsächlich lernt, stellt man fest, dass es unglaublich einfach ist. Ein paar Bewegungen im Wasser, selbst schlecht ausgeführt, sind ausreichend. Ich spreche natürlich nicht von Berufssportlern, die müssen selbstverständlich schon einiges erlernen, aber der Durchschnittsmensch muss dies nicht wirklich, wenn er schwimmen will. Das große Geheimnis dahinter ist im Grunde nur das Wissen – oder sollte ich sagen: das Vertrauen –, dass er es *kann*. Stimmen Sie mir da zu, Hochwürden?"

„Im Wesentlichen schon, ich begreife dennoch nicht, was all das mit …"

„Was wäre also", unterbrach ihn Dashwood, „wenn *alle* Menschen mit Leichtigkeit nach dem Tode auferstehen könnten, nur dass es außer Jesus nie jemand probiert hat?"

„Nun, wir glauben immerhin an die Auferstehung im Paradies", erwiderte Father Brown.

„Sie wissen verdammt gut, dass ich das nicht meine. Wie heißt es in dem dicken Buch?" Dashwood lächelte maliziös: „*Auferstanden von den Toten.*" Er nahm einen Schluck Brandy. „*Davon* rede ich. Ich behaupte hier und jetzt: Jeder Mensch kann nach dem Tode auferstehen. Und alles, was er dazu benötigt, ist lediglich das Wissen, *dass* er es kann."

Father Brown nippte vorsichtig an seinem Brandy: „Ist es nicht etwas schwierig, etwas zu wissen, wenn man tot ist?"

„Nicht, wenn der Wille dazu stark genug ist. Meiner ist es. Und Ihrer, Hochwürden?"

Father Brown dachte einige Momente nach, bevor er antwortete: „Ich denke nicht, dass ein Mehr an Wille in diesem Fall zum Ziele führt. Ein starker Wille ist zweifellos gut, aber er kann auch *zu* stark sein."

Dashwoods Augenbrauen zogen sich bedrohlich zusammen: „Ein Wille kann niemals zu stark sein. Höchstens zu schwach."

Father Brown lächelte bescheiden: „Aus meiner Sicht ist es mit dem Willen wie mit einer Scheuerbürste: Wenn man damit den Boden säubert, muss man mit einer gewissen Stärke aufdrücken, damit die Flecken verschwinden. Wenn man etwas stärker aufdrückt, geht es sogar noch besser. Doch wenn man *zu* stark aufdrückt, weil man zum Beispiel ungeduldig ist, dann biegen sich die Borsten zu Seite und werden komplett nutzlos. Es kommt immer auf das richtige Maß an und weniger ist oft mehr. Wer *zu viel* will, bekommt am Ende gar nichts."

Dashwoods Augen quollen beinahe aus ihren Höhlen vor Zorn, er schaffte es nur mühsam, sich zu beherrschen. „Bürsten?! Männer wie Napoleon, Oliver Cromwell oder meinetwegen auch Jesus Christus sind nicht berühmt, weil sie den Boden scheuerten, sondern weil sie Geschichte geschrieben haben. Und wie ist ihnen das gelungen? Einzig und allein mittels unbändiger, niemals versiegender Willenskraft! Und auch die Auferstehung ist nur eine Frage des Willens."

„Nun gut. Falls Sie recht haben, muss diese Erkenntnis ja nur allgemein bekannt gemacht werden", erwiderte Father Brown schmunzelnd, „und wir können alsbald mit der Auferstehung zahlloser Menschen rechnen."

„Wunderbar", rief einer der anderen Männer, ein gemütlicher Dickwanst mit einem freundlichen Gesicht zu Dashwood hinüber, „aber verraten Sie das bloß nicht meiner Schwiegermutter! Wenn sie eines schönen Tages endlich tot ist, lege ich großen Wert darauf, dass das so bleibt."

Alle lachten und selbst Francis Dashwood rang sich ein schiefes Lächeln ab, doch der Verlauf dieses Gespräches schien weiterhin an ihm zu nagen und er brütete finster vor sich hin. So finster, dass Dashwoods Stellvertreter, Basil Talbot, ein großer Mann von biederer Erscheinung, mehrfach zu ihm hinübersah und besorgte Blicke mit einigen anderen Angehörigen des Ordens wechselte.

Offenbar um die Stimmung zu heben, forderte ein schmächtiger Mann mit schütterem Haar und einer protzigen Uhrkette, der sich zuvor als Slocombe vorgestellt hatte, Flambeau auf, einige Anekdoten aus seiner Verbrecherlaufbahn zum Besten zu geben, wozu dieser sich nach einigem verächtlichen Abwinken und bescheidenem „Ach, das war nichts Besonderes", schließlich nur allzu gerne bereit erklärte. Er hatte soeben damit begonnen, unter allgemeinem Gelächter zu berichten, wie er einmal einem amerikanischen Rinderbaron den Schiefen Turm von Pisa verkauft hatte, als Francis Dashwood plötzlich mit einer so heftigen Bewegung aufsprang, dass sein Stuhl umstürzte. Mit einem flackernden Blick, der nicht anders als wahnsinnig bezeichnet werden konnte, starrte er Father Brown ins Gesicht. „Sie bezweifeln, dass ein Mann mit genügend Willenskraft in der Lage ist, aufzuerstehen?", schrie er mit sich überschlagender Stimme. „Dann muss ich es Ihnen beweisen!" Unter den fassungslosen Blicken aller Anwesenden sprang Dashwood zum Fenster, riss wie ein Berserker die Vorhangkordel herunter und rannte aus dem Speisesaal. Mit offenem Mund blickte man ihm nach. Es war totenstill.

„Er wird doch nicht …", stotterte Basil Talbot schließlich, ohne sich an irgendjemanden im Besonderen zu richten.

„Dashwood! Machen Sie keinen Unsinn!", rief ein anderer in Richtung der immer noch offenen Zimmertür. Es kam keine Antwort. Basil Talbot erhob sich mit starrem Gesicht. Seine Bewegungen waren so langsam, als befinde er sich in Trance. „Wir sollten …", sagte er mit kraftloser Stimme. Auch die anderen Männer hatten sich erhoben und plötzlich, als sei ein geheimer Bann gebrochen, stürmten alle aus dem Zimmer. Unter ständigem Rufen durchkämmte man das Haus von oben bis unten, doch Francis Dashwood schien wie vom Erdboden verschluckt zu sein. „Nun bleibt nur noch ein Ort übrig", wandte sich Talbot mit Grabesstimme an die Übrigen. Er musste nicht weitersprechen, jeder wusste auch so, was er meinte. Gemeinsam stieg man die Kellertreppe hinunter. Die Tür zum Ritualraum war geschlossen. Talbot drückte die Klinke hinunter, doch die Tür öffnete sich nicht. „Von innen verriegelt!", rief Slocombe mit zittriger Stimme.

Nun setzte man alles daran, Dashwood zum Öffnen der Tür zu bewegen. Zunächst mit Appellen an die Vernunft, dann mit Schmeicheleien, schließlich mit Drohungen und Beschimpfungen, doch von der anderen Seite der Tür kam kein Laut.

„Treten Sie zur Seite, meine Herren!", rief schließlich Flambeau, der inzwischen nach oben gelaufen und mit einer mittelalterlichen Streitaxt zurückgekehrt war, die er offenbar im Speisesaal von der Wand gerissen hatte. Mit wuchtigen Schlägen hieb er so lange auf die Tür ein, bis er ein etwa faustgroßes Loch hineingeschlagen hatte. Dann steckte er die Hand hindurch und schob den Riegel zurück. Die Tür schwang auf. Auf den ersten Blick war klar, was vorgefallen war: Dashwood musste das eine Ende der Vorhangkordel an demselben schweren Eisenhaken befestigt haben, an dem auch das große umgedrehte Kruzifix hing. Am anderen Ende der Kordel befand sich eine Schlinge und darin der Hals von Francis Dashwood. Am Boden lag ein umgestürzter Hocker. Der Tod war offenbar gerade erst eingetreten, denn sein Leichnam pendelte immer noch leicht hin und her. Sein Gesicht war allerdings bereits weiß, ja fast grau, und es war offensichtlich, dass jede Hilfe zu spät kam. Dennoch stürzte Basil Talbot mit einem entsetzten Aufschrei hinzu, umschlang Dashwoods Körper mit beiden Armen und hob ihn in die Höhe. Flambeau stieg auf den Hocker und löste die Schlinge von Dashwoods Hals, auf dem sich ein grauenvoll anzusehender roter Ring gebildet hatte. Vorsichtig bettete Talbot den Leichnam zu Boden. „Rufen Sie einen Arzt!", schrie er einen der Männer an. Der Angesprochene zuckte erschrocken zusammen und lief dann eilig aus dem Keller. Father Brown nahm seine purpurne Stola aus der Tasche, küsste sie und legte sie um. Dann sprach einen Segen für den Verstorbenen, während die übrigen Männer mit erstarrten Mienen dastanden und entsetzte Blicke tauschten.

„Er hat es tatsächlich getan", murmelte einer. „Ich hätte nie gedacht, dass er so weit gehen würde", flüsterte ein anderer. Weitere Männer äußerten sich in ähnlicher Weise. Dann geschah plötzlich etwas, was die bereits entsetzliche Situation tatsächlich noch furchtbarer machte: Basil Talbot war auf die Knie gesunken, hatte Dashwoods Leiche bei den Schultern gepackt und begonnen, auf sie einzureden. Zum Entsetzen aller steigerte er sich zunehmend in eine Hysterie herein und rief immer wieder Sätze wie: „Wachen Sie auf, Dashwood!", „Sie können es!", „Hören Sie mich?", „Sie müssen es nur wollen!", „Tun Sie es!" Bald wusste man kaum noch, ob man Talbot bemitleiden oder fürchten musste. Einige der Anwesenden verließen peinlich berührt den Keller. Slocombe beugte sich zu ihm hinunter und versuchte, ihn zu besänftigen, aber Talbot machte nur eine wütende Armbewegung, als verscheuche er eine lästige Fliege, und fuhr fort, auf die Leiche einzubrüllen. Es war klar, dass Talbot sich nicht helfen lassen wollte und dass man ihn am besten in Ruhe ließ, bis er sich von selbst beruhigt haben würde. Während alle die Kellertreppe nach oben stiegen, gellten Talbots markerschütternde Schreie ihnen von unten hinterher.

Ohne dass es jemand ausgesprochen hätte, versammelten sich alle erneut um die Tafel im Speisesaal. Niemand sagte etwas. Angesichts der unheimlichen Schreie, die auch hier noch zu hören waren, schien es unpassend. Endlich trat Stille ein und kurz darauf wankte Talbot ins Zimmer und ließ sich schwer atmend auf seinen Stuhl fallen. Sein Blick wanderte unsicher zwischen den Anwesenden hin und her. „Entschuldigung", sagte er schließlich. „Ich habe die Nerven verloren. Dashwoods Tod ist so sinnlos. Das ist kaum zu ertragen."

Alle nickten, sichtbar erleichtert, dass Talbots Anfall vorüber war. Einige Minuten später erschien der Arzt. Ein dürrer Ordensbruder, namens Fortescue, brachte ihn in den Keller. Father Brown begleitete ihn ebenfalls. Der Arzt untersuchte Dashwood kurz und stellte den Tod fest. Man kehrte wieder nach oben zurück, wo der Arzt einen Totenschein ausstellte und sich eilig verabschiedete. Dies schien die allgemeine Anspannung zu lösen und nun redeten alle durcheinander. Auf einmal schien jeder alles sagen zu wollen, was er in der letzten halben Stunde nur gedacht, aber nicht ausgesprochen hatte. Man hörte Äußerungen wie:

„Tragisch!"

„Keineswegs! Dashwood und sein krankhafter Geltungsdrang. Das konnte nicht gut gehen."

„Kleine Männer und ihr Größenwahn. Ist Ihnen aufgefallen, dass er bei jeder Gelegenheit Napoleon erwähnte?"

„Hat er allen Ernstes geglaubt, er könne von den Toten auferstehen?"

Allgemeines Kopfschütteln machte die Runde. Langsam erhob sich Basil Talbot mit dem Brandy in der Hand von seinem Platz: „Brüder!", begann er in salbungsvollem Tonfall. „Frances Dashwood starb für das, an was er glaubte. Wo andere nur redeten, handelte er. Und dies, ohne Rücksicht auf persönliche Gefahren zu nehmen. Ich bin sicher, dass ihm bei aller uns gegenüber geäußerten Überzeugung und bei allem Vertrauen in die eigene Willenskraft dennoch bewusst gewesen sein muss, dass es misslingen kann, dass er den Tod riskiert. Dies ist der Grund, warum er die Tür von innen verriegelt hat, bevor er *es* tat. Damit sein Tod niemandem zur Last gelegt werden kann als ihm selbst. Bei aller Kaltblütigkeit und Schroffheit war er letzten Endes doch ein selbstloser Mann. Er hat versucht, der Menschheit den größtmöglichen Dienst zu erweisen, und dafür den höchstmöglichen Preis bezahlt. Erheben wir unsere Gläser zur Ehre eines wahrhaftig großen Mannes!"

Die Tischrunde folgte Talbots Aufforderung, doch nicht mit dem Enthusiasmus, welcher seiner Rede angemessen gewe-

sen wäre. Eine unangenehme Stille verbreitete sich im Saal.
„Und was sagen *Sie* zu all dem, Hochwürden?", fragte Slocombe, offenbar nur, damit überhaupt irgendetwas gesagt
wurde.

Father Brown, der bisher nachdenklich auf den Tisch ge-
blickt hatte, hob den Kopf und sah unsicher in die Runde.
„Ich habe ein seltsames Gefühl. Noch kann ich es nicht
erklären, aber etwas sagt mir: Dies war keine tragische
Wahnsinnstat: Irgendetwas stimmt hier nicht, ich denke,
dass jemand anders die Schuld an Francis Dashwoods Tod
trägt."

Einige Momente sprach niemand etwas, dann redeten
alle durcheinander und bestürmten den Priester mit Fragen. Schließlich ergriff Flambeau das Wort: „Bei allem
Respekt, mein lieber Freund, wie kommen Sie auf diesen
Gedanken? Davon, dass Dashwood freiwillig angekündigt
hat, wieder auferstehen zu wollen, will ich gar nicht reden,
aber darüber hinaus darf ich Sie daran erinnern, dass die
Tür von innen verriegelt war. Ein anderer Zugang existiert
nicht. Haben Sie sich das Gewölbe einmal genau angesehen? Ich habe es getan. Wände, Boden, Decke – es ist alles
direkt aus dem Felsen geschlagen. Es kann keine geheimen
Zugänge geben. Auch Verstecke existieren nicht in dem
Raum. Aus all dem kann nur *ein* Schluss gezogen werden:
Francis Dashwood hat sich allein darin befunden. Weder
kann ihn jemand anderes erhängt haben noch kann ihn jemand gezwungen haben, es selbst zu tun. Folglich liegt kein
Verbrechen vor. Die Umstände machen es unmöglich."

Zustimmendes Gemurmel war zu hören.

„Ich weiß", murmelte Father Brown ratlos. „Ich weiß. Und
dennoch …"

Wieder erhob sich aufgeregtes Stimmengewirr. Einige pflichteten Flambeau bei, während andere auf Father Brown einredeten, teils um ihm zu widersprechen, teils um ihn zu weiteren Äußerungen zu überreden.

„Was wäre, wenn …?" Father Brown brach ab und verfiel erneut in tiefes Nachdenken. Seine Blicke wanderten geistesabwesend über die Gesichter der anderen Männer, als hoffte er, in ihnen eine Antwort zu finden. Die Stimmung im Speisesaal hatte sich unversehens verdüstert. Misstrauische Blicke wurden gewechselt. Schließlich hüstelte Father Brown etwas verlegen. „Francis Dashwood mag ein Mann von riesiger Willenskraft gewesen sein, der größtes Vertrauen in seine eigenen Fähigkeiten gehabt hat. Auch ein Hitzkopf, mit dem bisweilen die Pferde durchgingen, mag er gewesen sein, aber eins war er bestimmt nicht: Der größte Narr in der Geschichte der Menschheit. Jeder Mensch, selbst der Dümmste, fürchtet den Tod. Wenn Dashwood wirklich so von seiner Auferstehungstheorie überzeugt gewesen wäre, hätte er sie Menschen, deren Tod durch Alter oder Krankheit ohnehin schon nahe ist, mitteilen können und beobachten können, was passiert: Es gab für ihn, einen offenbar gesunden Mann in den besten Jahren, keinen denkbaren Grund, dieses tödliche Risiko selbst einzugehen. Es wäre kompletter Wahnsinn gewesen. Und ich glaube nicht, dass Francis Dashwood komplett wahnsinnig war."

„Ich dachte das auch nicht", sagte Slocombe. „Bis heute. Aber wir alle haben doch gehört und gesehen, wie er sich aufgeführt hat. Es gibt keine andere Erklärung: Dashwood hat sich freiwillig erhängt."

Auf Father Browns rundem Gesicht erschien ein seltsamer Glanz: „Vielleicht ist das Ganze viel komplizierter und man muss es in mehrere Abschnitte zerlegen, um klarzusehen. Abschnitte, die teilweise im Widerspruch zueinander stehen."

Fragende Blicke ruhten auf dem Geistlichen.

„Francis Dashwood war ein Mann mit Lust an der Provokation", fuhr er fort. „Je größer, desto besser. Und was wäre eine größere Provokation, als einem katholischen Priester zu sagen, dass die Auferstehung Jesu nichts Besonderes war, sondern dass dies jeder vermag?"

„Das haben wir zweifellos alle so gesehen, lieber Freund", meldete sich Flambeau zu Wort, „und wenn es Dashwood damit hätte bewenden lassen, würden Sie recht haben, doch das hat er nicht. Er trat den Beweis an."

„Tat er das wirklich? Oder ließ er es vielleicht nur so aussehen? Ich bin sicher, Francis Dashwood wollte sich nur einen makabren Scherz mit mir erlauben."

„Aber sich aufzuhängen, ist doch kein Scherz", rief jemand empört.

„Wenn man es tatsächlich tut, gewiss nicht", entgegnete Father Brown. „Doch ganz anders verhält es sich, wenn es nur ein Trick war. Wir alle haben doch schon Theateraufführungen gesehen, in denen sich eine Figur erhängt. Natürlich erhängt sich der Schauspieler nicht wirklich. Soviel ich weiß, gibt es da eine spezielle Vorrichtung, die man unter der Kleidung trägt. An der hängt das ganze Gewicht der Person, während die Schlinge um den Hals gewissermaßen nur der Dekoration dient. Ich bin sicher, Dashwood wollte uns alle, hauptsächlich aber mich, zum Narren halten. Er stürzte dramatisch nach draußen, lief in den Keller und verriegelte die Tür. Nun hatte er genug Zeit, sich einen roten Striemen auf den Hals zu malen, sein Gesicht kalkweiß zu schminken und sich in aller Ruhe in die Erhängungskonstruktion zu begeben. Das klingt für mich sehr viel plausibler als ein Anfall von Wahnsinn. Ich vermute, dass sein Plan darin bestand zu warten, bis wir alle den Keller verlassen hätten, sich dann die Schminke abzuwischen, sodann zu uns nach oben zu steigen und sich als auferstanden zu präsentieren."

Mit ungläubigen Blicken starrte alle auf den Priester.

„Ich verstehe", sagte Flambeau nachdenklich. „Sie meinen, es war ein raffinierter Streich. Ein Streich, bei dem etwas schief ging. Die Vorrichtung funktionierte nicht so, wie sie sollte, und statt sich nur zum Schein zu erhängen, tat Dashwood es ungewollt wirklich."

Basil Talbot war weiß im Gesicht geworden: „Mein Gott, so muss es gewesen sein", flüsterte er mit Grabesstimme und bekreuzigte sich.

„Sagten Sie nicht vor ein paar Minuten, dass eine andere Person die Schuld an Dashwoods Tod trage, Hochwürden?", ließ sich Slocombe vernehmen. „Wen meinen Sie damit? Etwa denjenigen, von dem sich Dashwood diese fehlerhafte Vorrichtung hat geben lassen?"

Father Brown seufzte: „Ich muss mich entschuldigen, ich habe mich wohl wieder einmal missverständlich ausgedrückt. Nein, die Apparatur funktionierte tadellos. Dashwood war nicht tot, als wir ihn fanden."

„Was reden Sie denn da, Hochwürden", brauste Talbot auf. „Haben Sie denn vergessen, dass der Arzt seinen Tod unzweifelhaft festgestellt hat? Sie selbst waren doch dabei."

Father Brown lächelte verlegen. „Sie haben recht, Mr Talbot. Als ich mit dem Arzt in den Keller ging, war Francis Dashwood tot. Aber als wir alle ihn fanden, war er noch *nicht* tot."

„Sie reden irre, Mann." Basil Talbot verschränkte die Arme und lehnte sich verärgert zurück.

„Ich verstehe Ihre Verärgerung durchaus, aber so war es, und wenn wir einmal die Möglichkeit außer Acht lassen, dass Mr Fortescue, der Arzt und ich unter einer Decke stecken und Francis Dashwood getötet haben, scheint es mir nur eine weitere Möglichkeit zu geben. Nur eine einzige, und so unwahrscheinlich sie klingen mag, es kann nur so gewesen sein."

„Um Himmels Willen: welche?", rief Slocombe.

„Ich fürchte, es war so: Dashwood wollte sich einen Streich mit mir erlauben. Möglicherweise war es nicht mal seine eigene Idee, sondern die eines anderen."

Allgemeines Stimmengewirr erhob sich: „Wie bitte?", „Ein anderer?", „Wer?"

Father Brown räusperte sich und deutete dann auf Basil Talbot: „Sie! Ich vermute, dass das Ganze Ihre Idee war, aber das ist im Grunde unerheblich. Vielleicht waren Sie auch nur in Dashwoods Plan eingeweiht und erkannten die günstige Gelegenheit. Es muss *so* abgelaufen sein: Sie beide hatten eine Art Theaterstück geplant: Erster Akt: Dashwood verwickelt mich in eine Diskussion, die darin gipfelt zu behaupten, dass er in der Lage sei, von den Toten aufzuerstehen. Zweiter Akt: Dashwood stürzt aus dem Zimmer und riegelt sich ein, während wir alle im ganzen Haus nach ihm suchen. Dritter Akt: Dashwood erhängte sich zum Schein. In Wirklichkeit erfreut er sich bester Gesundheit, als Flambeau die Tür aufbricht und wir ihn finden. Sie, Talbot, nehmen ihn selbst herunter, wodurch Sie dafür sorgen, dass wir anderen ihm nicht zu nahe kommen und so nicht bemerken können, dass er noch lebt. Vierter Akt: Sie, Talbot, flehen den vermeintlichen

Leichnam theatralisch an aufzuerstehen. Das gehört einerseits zum Scherz und zum anderen – und das ist viel wichtiger – dient es dazu, alle anderen auf Abstand zu Dashwood zu halten und schließlich peinlich berührt aus dem Keller zu treiben, denn wirkt eine Auferstehung nicht viel geheimnisvoller, wenn man den eigentlichen Vorgang nicht sieht? Nun sind Sie also mit Dashwood allein. Bisher ist alles genau nach Plan gelaufen. Nun wäre der fünfte Akt gefolgt: Die Auferstehung. Doch dazu kommt es nicht. Zu Dashwoods Entsetzen schließen sich Ihre Hände um seinen Hals und Sie erdrosseln ihn. Nun ist er wirklich tot und der Arzt stellt später ganz ordnungsgemäß Tod durch Strangulation fest. Ich weiß nicht, warum Sie es taten, Talbot. Womöglich hegten Sie einen geheimen Groll gegen Dashwood, vielleicht geht es auch wie meistens um Geld oder eine Frau, vielleicht war Ihnen auch einfach Ihre Position als Stellvertreter des Vorsitzenden vom Höllenfeuerclub nicht gut genug und Sie wollten sich selbst zum Vorsitzenden machen. Den wahren Grund kennen nur Sie. Ich weiß nur, dass es so gewesen sein muss. Denn so ungeheuer raffiniert der Plan ersonnen war, so haben Sie und auch Dashwood eines doch übersehen: Dashwood war zu intelligent, um aus einer Laune heraus sein Leben aufs Spiel zu setzen, und Sie, Talbot, sind zu intelligent für das peinliche Schauspiel, das Sie uns im Keller geboten haben, dieses Flehen um Auferstehung passte einfach nicht zu Ihnen. Beides ergab keinen Sinn.«

Einige Augenblicke lang hätte man eine Stecknadel im Zimmer fallen hören, dann erhob sich ein gewaltiger Tumult. Männer sprangen auf, Stühle fielen um, Basil Talbot wurde umringt und mit wüsten Beschimpfungen überhäuft. Jemand lief hinaus, um die Polizei zu verständigen.

„Es ist schon seltsam", sinnierte Flambeau, als er sich eine halbe Stunde später mit Father Brown wieder auf dem Rückweg befand. „Ausgerechnet Talbots Intelligenz ist ihm letzten Endes zum Verhängnis geworden, und so ist sein Plan schließlich gescheitert."

„Ist er das wirklich, Flambeau?", erwiderte Father Brown. „Talbot war zwar nur der *stellvertretende* Vorsitzende des Höllenfeuersclubs, aber dennoch hat er Dashwood um Längen geschlagen: Wo Dashwood landen wird, vermag ich nicht zu erraten, aber eins ist gewiss: Für Basil Talbot wurde heute ein Platz im ewigen Höllenfeuer reserviert."

* * *

Das Vogelscheuchenparadox

Die Grafschaft Derbyshire ist nicht bekannt als die Heimat der verderbtesten Sünder unter der Sonne und doch schien an diesem Freitagnachmittag Gott selbst die Schleusen des Himmels geöffnet zu haben, um die Dörfer, die Äcker, Wiesen, Wälder und Wege in einer zweiten Sintflut zu ertränken. Die Straßen, sofern sie nicht gepflastert waren – die wenigsten waren es –, hatten sich in flüssigen Schlamm verwandelt und waren von reißenden Bächen kaum noch zu unterscheiden. Wer es ermöglichen konnte, setzte keinen Fuß vor die Tür und betete, dass das Dach seiner Behausung dem erbarmungslosen Regenguss standhalten würde. Dabei hatte eine halbe Stunde zuvor noch die Sonne herrlich aus einem blauen, wolkenlosen Himmel geschienen und niemand hatte den jähen Wetterumschwung kommen sehen. Auch nicht die drei Männer in der Kutsche, die sich auf der Straße zwischen dem kleinen Dörfchen Edale und ihrem zwölf Meilen entfernten Ziel befand und sich auf dem schlammigen Weg bedenklich schwankend und holpernd durch Wind und Regen kämpfte. Und wiewohl sie in der Kutsche umhergeschüttelt wurden wie die Würfel in einem Lederbecher, versuchten die drei dennoch in geradezu bewunderungswürdiger Weise, die Haltung zu bewahren, die ihren Aufgaben in Edale entsprach. Es handelte sich um einen Mann um die fünfzig mit einem schmalen Gesicht, dessen Spitzbart und silberner Kneifer in einem seltsamen Gegensatz zu dem Schalk in seinen Augen stand, so als habe sich ein spitzbübischer Lausebengel als humorloser Erwachsener verkleidet. Durchaus eine notwendige Verkleidung, denn Arthur Brimsby war der Apotheker von Edale, und bei einem solchen schätzt die Kundschaft in der Regel pedantische Umsicht höher als witzige Sprunghaftigkeit. Bei dem zweiten Mann in der Kutsche handelte es sich um einen katholischen Geistlichen in mittleren Jahren, dessen rundes Gesicht eine gewisse Einfältigkeit vermuten ließ und der sich an seinem Regenschirm festklammerte, als vermöge allein dieser, ihm den nötigen Halt zu verleihen. Der dritte im Bunde schließlich war um einiges jünger als die anderen beiden Männer, kaum älter als fünfundzwanzig, aber dennoch bekleidete er das Amt des stellvertretenden Bürgermeisters von Edale, wenn auch niemand – er selbst eingeschlossen – noch einige Tage zuvor geahnt hatte, dass ein solcher Posten in dem kleinen Örtchen überhaupt existierte. Der tatsächliche Bürgermeister, Basil Hanley, hatte dieses überaus ehrenvolle, aber vollständig bedeutungslose Amt vor einer Woche erschaffen und seinen Neffen, den sogar noch bedeutungsloseren Landschaftsmaler John Hanley, damit betraut, um einen würdigen Vertreter für jene Veranstaltung zu haben, zu welcher die drei Herren just in diesem Augenblick unterwegs waren: einem Familienfest auf dem Gut von William Morgan, dem reichsten Mann im Umkreis von hundert Meilen, dessem Fest die Honoratioren von Edale selbstredend den gebührenden Glanz zu verleihen hatten. Einen Glanz, den die Festivität auch bitter nötig hatte, denn William Morgan stand nicht in dem Ruf, ein Ausbund an Charme zu sein, und wer immer es einzurichten wusste, zog es vor, ihm aus dem Wege zu gehen. Im Gegensatz zu den drei Herren in der Kutsche, *hatte* Basil Hanley es einzurichten gewusst, zumal er mit politischem Scharfsinn sogleich durchschaute, worin die eigentliche Absicht der von der Ehefrau Morgans gesandten Einladung bestanden hatte, nämlich in der Hoffnung, dass die für ihre Streitlust bekannte Familie in der Anwesenheit der geladenen Honoratioren sich genötigt sehen würde, ihr Temperament einigermaßen im Zaume zu halten. Eine Hoffnung, die, wie sich bald herausstellen sollte, trügerisch gewesen war.

Endlich näherte sich die beschwerliche Reise ihrem Ziel. Schon seit geraumer Zeit holperte die Kutsche entlang der riesigen Ackerflächen des Morgan-Anwesens, und in der Ferne waren bereits einige Scheunen und das langgestreckte Herrenhaus zu erkennen.

Der junge Hanley streckte den Arm aus und deutete fasziniert aus dem Fenster. „Fast als ob sie tatsächlich lebendig wären, finden Sie nicht, Father Brown?"

Der Geistliche nickte. Auf den Äckern befanden sich Hunderte von Vogelscheuchen, deren lange dunkle Mäntel und Umhänge durch Wind und Regen wild hin und her gepeitscht wurden, was den Vogelscheuchen das Aussehen von Männern verlieh, die wütend um sich schlugen.

„Warum sind es nur so viele?", sinnierte Hanley. „Der alte Morgan gönnt den armen Vögeln nicht das kleinste Krümelchen."

„Die Vögel werden schon etwas finden", beruhigte ihn Father Brown. „Sie säen nicht, sie ernten nicht und Gott nährt sie doch."

„Aber nicht von Morgans Feldern", kicherte Brimsby.

Einige Minuten später rollte die Kutsche vor dem Hauptgebäude aus. Just in diesem Augenblick riss die Wolkendecke auf und strahlender Sonnenschein tauchte das Anwesen in eine freundliche Atmosphäre, welche die vergangene Stunde wie einen schlechten Traum erscheinen ließ. Doch sollte dieser Zustand nicht von Dauer sein. Bereits fünfzehn Minuten später war wieder heftiger Wind aufgekommen und der Himmel hing erneut voller schwarzer Wolken, die unheilverkündend das Innere des Hauses so sehr verdunkelten, dass man schon vor der Mittagsstunde alle Lichter anzünden musste. Auch wollte keine festliche Stimmung aufkommen. William Morgan und seine Frau Harriet waren noch nicht von oben heruntergekommen, um die Gäste zu begrüßen, und nun standen alle im Salon herum und nippten an einem uninteressanten Brandy, den ein griesgrämiger Butler serviert hatte, und strengten sich redlich an, ein Gespräch mit den anderen Gästen in Gang zu bringen. Dies war keineswegs einfach, denn einer der Anwesenden – Apotheker Brimsby hatte Father Brown zugeflüstert, dass es sich um Gilbert, den mittleren der drei Morgan-Brüder handelte – schien sich nicht nur in einer überaus schlechten Gemütsverfassung zu befinden, sondern auch finster entschlossen zu sein, alle anderen ebenfalls in eine solche zu bringen. Als der junge Hanley auch in *dieser* Runde aus dem Fenster zeigte und gutmütig auf die wild um sich schlagenden Vogelscheuchen hinwies, war dies für Gilbert Morgan Anlass, zwar Hanley zu antworten, aber Father Brown zu meinen, als er streitlustig darauf hinwies, dass Vogelscheuchen die einzigen Gekreuzigten seien, die der Menschheit je Nutzen gebracht hätten. Peinliches Schweigen war die Folge gewesen. Zur Erleichterung aller anderen Anwesenden hatte Father Brown es nicht gehört oder zumindest tat er so. Am meisten schien Gilberts Gemahlin, Constance, unter der Ungehobeltheit ihres Gatten zu leiden. Sie hielt sich fast ängstlich im Hintergrund, als habe sie damit nichts zu tun, und hatte ein verkrampftes Lächeln aufgesetzt.

Dreißig Minuten später – die Gastgeber waren inzwischen erschienen und man hatte zu Tisch gebeten – war bereits der von Bürgermeister Hanley richtig vorgeahnte Familienstreit voll entbrannt. Der Hausherr, William Morgan, hatte eine kurze Tischrede gehalten, den Anwesenden zum Erscheinen zu Ehren seines fünfzigsten Geburtstages gedankt und dabei – betont beiläufig, wie Father Brown fand – erwähnt, dass er nun doch nicht, wie er es früher für das Erreichen dieses Lebensalters geplant hätte, den größten Teil seiner Ackerflächen verkaufen würde, sondern sich gottlob nach wie vor guter Gesundheit erfreue und daher beschlossen habe, für mindestens weitere zehn Jahre dieses urgesunde Unternehmen fortzuführen und so …

Doch weiter kam er nicht. Gilberts Faust donnerte auf den Tisch, sodass alle Anwesenden zusammenzuckten und das feine Geschirr klirrte. Rot vor Wut war er aufgesprungen und eine ungeheure Tirade von Vorwürfen gegen seinen älteren Bruder brach aus ihm hervor. Vieles davon war für die Gäste, die nicht zur Familie gehörten, nicht verständlich, aber im Wesentlichen schien es darum zu gehen, dass der alte Morgan seinen beiden jüngeren Brüdern versprochen hatte, große Teile des Gutes zu verkaufen und den Gewinn unter ihnen dreien zu gleichen Anteilen gerecht aufzuteilen. Dass dieses Ereignis urplötzlich vom ältesten Bruder eigenmächtig in weite Ferne gerückt worden war, erboste den mittleren Bruder über alle Maßen. Nicht mal zu Unrecht, wie Father Brown für sich dachte, wenn auch dieser Wutausbruch gewiss kein geeigneter Weg war, das Problem zu lösen. Auch die anderen Familienmitglieder hatten mit einiger Überraschung auf William Morgans Bekanntmachung reagiert. Der jüngste Bruder, Bernhard, war blass geworden und hatte William mit offenem Mund angestarrt, und Gilberts Frau Constance war ein nervöses Lachen entwichen. Allerdings hatte sie sich sehr viel besser in der Gewalt als ihr cholerischer Ehemann, denn bereits einen Moment später war ihre Miene wieder so ruhig wie zuvor und sie legte begütigend ihre Hand auf seinen Arm. Dies schien ihn doch keineswegs zu besänftigen. Mit einer rohen Bewegung schleuderte er ihre Hand weg und setzte sich mit einem trotzigen „In dieser Angelegenheit ist das letzte Wort noch nicht gesprochen!".

Der weitere Verlauf des Mittagessens war von lähmender Schwere gezeichnet und nur Apotheker Brimsby, unterstützt durch den jungen Hanley, versuchte mit mühsam aufrechterhaltener Heiterkeit, so zu tun, als sei nichts geschehen. Fast schien das Schreckensmahl schon überstanden, als der Diener beim Servieren des Nachtisches versehentlich ein Weinglas umwarf und nun vom alten Morgan wütende Anklagen zu hören bekam, die denen des mittleren Bruders in ihrer Heftigkeit kaum nachstanden. Father Brown war nun völlig klar, warum Bürgermeister Hanley nicht selbst erschienen war, sondern einen Stellvertreter geschickt hatte. Der Umgang mit der Morgan-Familie war kein Vergnügen. Alsbald wurde die Tafel aufgehoben und sogleich verteilte sich die Tischgemeinschaft auf mehrere Räume des weitläufigen Herrenhauses. William zog sich in sein im oberen

Stockwerk gelegenes Kontor zurück und Gilbert stapfte, laut die Tür knallend, ins Freie, wo man ihn mit langen wütenden Schritten ziellos über das Gut wandern sah. Seine Gattin sah ihm mit bleichem Gesicht nach. Möglicherweise fürchtete sie, dass dies nur der Auftakt für weitere Auseinandersetzungen sein würde. Ihr Schwager Bernhard gesellte sich zu ihr und sprach eine Weile ruhig auf sie ein, doch offenbar hatte dies nicht die beabsichtigte Wirkung, denn sie schien sich nur umso mehr aufzuregen. Schließlich verließ auch Bernhard das Haus und man sah ihn in der Ferne begütigend auf seinen Bruder einreden. Offenkundig ohne besonderen Erfolg, denn dieser beschleunigte seinen Gang nur noch und machte Gesten, die seinen Unwillen deutlich demonstrierten. Die Damen hatten sich in den Wintergarten zurückgezogen und übrig blieben die drei ratlosen Gäste, die darüber berieten, ob es statthaft sei, sogleich wieder nach Edale zurückzufahren, oder ob man anstandshalber noch ein halbes Stündchen verstreichen lassen müsse. In diesem Moment trat der Kutscher hinzu, der in der Küche verköstigt worden war, und verkündete respektvoll, aber dennoch in einer Weise, die jede weitere Diskussion sinnlos erscheinen ließ, dass angesichts eines weiteren unmittelbar bevorstehenden heftigen Regengusses eine Rückfahrt vor Einbruch der Dunkelheit nicht mehr möglich und somit erst morgen früh an eine solche zu denken sei. Dies musste nolens volens akzeptiert werden. Nicht nur, weil niemand erpicht darauf war, ein weiteres Erlebnis wie die Fahrt hierher zu ertragen, nicht nur, weil erst recht dem wackeren Kutscher eine solche nicht zuzumuten war, sondern vor allem, weil dieser auf der Hinfahrt völlig durchnässt worden war und er daher in der Küche nicht nur gegessen, sondern, zweifellos in medizinischer Absicht, sich ein solches Quantum Rum einverleibt hatte, dass er zur Lenkung einer Kutsche nicht mehr taugte. Dem jungen Hanley fiel die unangenehme Aufgabe zu, die frohe Botschaft der Gastgeberin zu überbringen, doch bei seiner Rückkehr wusste er zu berichten, dass Harriet Morgan mehr als erfreut gewesen war und sogleich ein Stubenmädchen angewiesen hatte, den Herrschaften drei Zimmer für die Nacht zu richten. Father Brown brachte sein Erstaunen über diese Freude der Gastgeberin gegenüber Apotheker Brimsby zum Ausdruck, indem er darauf hinwies, dass die Anwesenheit der Gäste bisher nicht dazu beigetragen hatte, Streit unter den Familienangehörigen zu vermeiden. Brimsby verzog sein Gesicht zu einer Verschwörermiene und raunte nur: „Das war noch gar nichts. Ohne uns wäre es noch viel schlimmer geworden. Ich könnte Ihnen Geschichten erzählen, die …"

In diesem Moment trat Bernhard Morgan von draußen herein und begann sogleich, verlegen lächelnd, die peinlichen Vorfälle als besondere Ausnahme darzustellen, die völlig untypisch für seine Familie seien, was Apotheker Brimsby gegenüber Father Brown mit vielsagenden Grimassen kommentierte.

Sodann schlug Bernhard den drei Herren vor, einige Partien Bridge zu spielen, ein Vorschlag, der dankbar angenommen wurde. Zunächst wurden die Partner ausgelost. Father Brown spielte mit dem jungen Hanley und Brimsby mit Bernhard Morgan. Father Brown war kein besonders geübter Spieler und das Gleiche ließ sich auch über Hanley sagen, der sich immerhin große Mühe gab. Jedoch hätten sie gegen einen offenbar äußerst erfahrenen Spieler wie Brimsby keine Chance gehabt, wenn nicht Bernhard Morgan ein ums andere Mal dermaßen eklatante Fehler begangen hätte, dass sie selbst Father Brown auffielen. Man konnte mit Fug und Recht sagen, dass Bernhard Morgan unter den schlechtesten Bridgespielern Englands einer der vordersten Plätze nicht streitig gemacht werden konnte. Nach mehreren Runden schlug Brimsby vor, der Abwechslung halber die Partner neu auszulosen, aber niemand konnte sich so recht für diese Idee erwärmen. Bernhard nicht, weil er in Brimsby den besten Partner hatte und sich nur verschlechtern konnte, Father Brown und Hanley nicht, weil die Angst, Bernhard als Partner zu bekommen, die verlockende Aussicht, Brimsby zu ziehen, bei Weitem überwog. So spielte man weiter, bis Brimsby und Bernhard alle Streichhölzer (die als Spielmarken dienten) verloren hatten, und hob dann die Runde auf.

In den nächsten beiden Stunden herrschte Ruhe im Hause. Die drei Gäste unterhielten sich leise im Salon miteinander. Langsam gingen ihnen die Gesprächsthemen aus, aber alle waren dankbar, dass William und Gilbert Morgan sich nirgendwo blicken ließen und man nicht unfreiwillig Zeuge weiterer Auseinandersetzungen wurde. Der Himmel war inzwischen vollkommen bedeckt mit schwarzen Wolken, sodass man den Eindruck gewinnen konnte, es sei bereits Nacht. In einiger Entfernung donnerte es von Zeit zu Zeit. Dann wurden Tee und Gebäck gereicht. Alle außer Gilbert Morgan, den abgesehen von seiner Frau niemand zu vermissen schien, hatten sich eingefunden, und die Stimmung konnte durchaus als gelöst bezeichnet werden. Niemand erwähnte den Zwischenfall vom Mittagessen. Nach einer Viertelstunde schien der alte Morgan unruhig zu werden und er verkündete, er werde nun nach den Pferden sehen. Angesichts des bedrohlichen Wetters versuchte seine Frau, ihn davon abzubringen, nach draußen zu gehen, doch William Morgan blieb störrisch und verkündete: „Seit zweiunddreißig Jahren gehe ich jeden Tag zu dieser Stunde in den Stall, um nach den Pferden zu sehen, und auch heute gedenke ich, so zu verfahren." Sprach's und befahl dem Diener, ihm Hut, Mantel und Laterne zu bringen. Constance Morgan war währenddessen sichtlich immer unruhiger geworden. „Vielleicht gehe ich auch einmal nach draußen", sagte sie zaghaft. „Gilbert ist seit Stunden verschwunden, ich hab Angst, dass ihm etwas passiert sein könnte."

„Dem und was passiert", höhnte William Morgan, während er seinen Mantel anzog. „Wohl kaum, Unkraut vergeht nicht!" Mit diesen Worten setzte er seinen Hut auf, nahm die Laterne und verließ das Haus.

„Ich glaube ebenfalls nicht, dass Gilbert etwas passiert ist", äußerte sich Bernhard mit tröstender Stimme. „Wahrscheinlich sitzt der alte Sturkopf in irgendeiner Ecke und grollt vor sich hin. Wir wollen ihn suchen gehen, in irgendeinem Zimmer wird er schon sein."

Constance blickte mit einer Mischung aus Angst und Hoffnung auf ihren Schwager. „Na gut, versuchen wir's."

Brimsby verfolgte mit Missfallen, wie die beiden das Zimmer verließen, und raunte Father Brown zu: „Mir wäre es lieber, der Mann täte uns allen einen Gefallen und bliebe noch recht lange verschwunden."

Etwa zehn Minuten vergingen. Während man aus dem oberen Stockwerk die Geräusche von Schritten und Türen, die geöffnet und geschlossen wurden, vernahm, unterhielten sich die Gäste mit Harriet Morgan, die als einziges Familienmitglied in sich zu ruhen schien und eine angenehme Konversation betrieb. Plötzlich war ein Poltern an der Eingangstür zu vernehmen und im nächsten Moment stürzte die schwere Gestalt William Morgans in den Salon. Er war ohne Hut und Laterne, seine Haare waren wild durcheinander und in seinen Augen stand das nackte Grauen. Sein Hals war blutunterlaufen. „Man hat versucht, mich umzubringen!", röchelte er.

„Heilige Muttergottes!" Harriet riss entsetzt die Augen auf. „Geht es dir gut, William?" Sie war zu ihrem Mann geeilt und hielt mit beiden Händen sein Gesicht fest. William ließ es einen Moment lang zu, dann riss er sich los, goss sich einen großen Brandy ein und stürzte ihn eilig hinunter. Auch Father Brown war nähergetreten. „Was ist geschehen, Mr Morgan?"

William rieb sich die Stirn, als müsse er einen bösen Traum vertreiben. „Ich weiß es nicht genau", krächzte er. „Ich betrat wie gewöhnlich den Stall und sah nach den Pferden. Die Lampe hatte ich wie immer an den Haken neben der Tür gehängt. Mit einem Mal erlosch sie und ich stand in völliger Dunkelheit. Dann spürte ich plötzlich Hände um meinen Hals, jemand würgte mich von hinten. In Panik schlug ich um mich wie ein Wahnsinniger, dabei muss ich meinen Angreifer wohl getroffen haben, denn ich hörte einen Schrei und auf einmal war mein Hals wieder frei. Ich stolperte im Dunkeln zur Stalltür und rannte hierher. Gottlob lebe ich noch, doch es war um Haaresbreite." Ermattet ließ er sich auf einen Stuhl sinken und rieb sich den Hals, der inzwischen fast blau war.

In den nächsten Minuten ging alles durcheinander, der junge Hanley wurde nach oben geschickt, um Constance und

Bernhard zu holen, Apotheker Brimsby – wiewohl kein Arzt, aber von allen Anwesenden einem solchen im Wissen am nächsten – untersuchte William Morgan und Father Brown bemühte sich, Harriett Morgan zu beruhigen, die aufgeregt auf und ab lief und dabei unaufhörlich wehklagte, was alles hätte passieren können. Constance und Bernhard waren inzwischen von oben heruntergekommen und standen mit verschreckten Gesichtern um den alten Morgan herum. Alle zuckten zusammen, als dieser mit plötzlicher Entschlossenheit aufsprang. „Wir gehen raus und suchen den Mann!" Die besorgten Einwände seiner Frau konnten ihn nicht umstimmen, und kurz darauf befanden sich alle Anwesenden und die gesamte Dienerschaft draußen. In der einen Hand eine Laterne und in der anderen – mit Ausnahme von Father Brown – ein Tranchiermesser, ein Spazierstock oder irgendetwas anderes, was gerade zur Hand gewesen war und im Notfall als Waffe dienen konnte, wobei die meisten so ängstlich hofften, dass der Gesuchte längst über alle Berge wäre, dass man mit Fug und Recht sagen durfte, man habe in der langen Geschichte von Derbyshire wohl selten einen zaghafteren Lynchmob gesehen. Niemand wagte, sich mehr als drei Yards von den anderen zu entfernen; zu groß war bei jedem die Furcht, dass der Schurke im nächsten Augenblick hinterrücks über ihn herfallen könnte.

Schließlich näherte man sich dem Stall, in dem das Verbrechen stattgefunden hatte. Der alte Morgan stieß die Türe mit dem Fuß auf. Mit langen Schritten betrat er das Innere, leuchtete mit seiner Laterne bald hierhin, bald dorthin, während die anderen es ihm vorsichtig nachtaten. Constance und Harriet schrien erschreckt auf, als der junge Hanley plötzlich mit großem Getöse zu Boden stürzte.

„Nichts passiert", rief er, „ich bin nur über etwas gestolpert."
Gleich darauf war er wieder auf den Beinen und schwenkte
seine Laterne, um die Ursache des Sturzes zu ergründen.
Doch im nächsten Augenblick sprang er zurück und ließ vor
Schreck die Lampe fallen. Mit zitterndem Arm wies er auf
die Stelle: „Dort!"

Im Schein mehrerer Laternen wurden zwei Beine sichtbar,
die ausgestreckt auf dem Boden lagen. Der Lampenschein
wanderte weiter und fiel nun auf niemand anderen als Gilbert Morgan, der still dalag und dessen Augen seelenlos zur
Decke starrten. Er lag unter einem hüfthohen Querbalken,
der zum Anbinden von Pferden diente. Sein Hals war in
einem unnatürlichen Winkel nach hinten gekippt. Brimsby
kniete sich neben ihn und betrachtete den Leichnam aus
der Nähe. „Genickbruch", verkündete er. „Gilbert muss ge-
stürzt und dabei mit dem Nacken auf den Balken gefallen
sein. Ich denke, er war sofort tot."

Father Brown bekreuzigte sich, zog seine violette Stola aus
der Tasche, küsste sie und legte sie sich um den Hals. Dann
kniete er ebenfalls neben dem Toten, schloss ihm die Augen
und sprach einen Segen.

„Das muss passiert sein, als ich mich gegen seinen Angriff
gewehrt habe", rief William. „Hatte mich schon gewundert,
warum der Angreifer so plötzlich von mir abließ." Sein Gesicht nahm einen steinernen Ausdruck an: „Gilbert hat bekommen, was er verdient hat. Ich bin nicht ein Jota überrascht, dass *er* es war. Ich weine ihm keine Träne nach."
Er blickte zu Gilberts Frau, die mit entsetzter Miene auf
ihren toten Mann starrte und der stumm die Tränen übers
Gesicht rannen. „Es tut mir leid, Constance, aber so ist es.
Dein Mann war schon immer ein Taugenichts und keinen

Pfifferling wert. Ohne ihn bist du bedeutend besser dran."
Constance schluchzte auf und suchte Halt bei dem jungen
Hanley, der sie darauf, zusammen mit Harriet Morgan, zurück ins Herrenhaus brachte. Father Brown betrachtete die
Leiche nachdenklich. „Ein fataler Zufall. Er ist genau mit
dem Genick auf die Kante des Balkens aufgeschlagen. Ein
paar Zentimeter weiter vorne oder hinten und er wäre noch
am Leben."

„Die Hand Gottes hat ihn gerichtet", verkündete William
Morgan mit lauter Stimme. „Was gibt es Schlimmeres als
Brudermord?"

„Wohl eher der Fuß Gottes", flüsterte Brimsby Father Brown
unpassenderweise zu. „Der hat ihm ein Bein gestellt."

Einer der Diener näherte sich respektvoll William Morgan.
„Wünschen Sie, dass wir Ihren Bruder ins Haus tragen,
Sir?"

„Auf keinen Fall", brauste dieser auf. „Der Kerl kommt
mir nicht nochmal über die Schwelle. Heute Nacht bleibt
er hier, morgen früh mag man nach Edale fahren und sich
um die vorgeschriebenen Formalitäten kümmern." Er
nahm eine alte Pferdedecke von einem Haken und warf sie
mit einer verächtlichen Geste über den Leichnam. „Father
Brown, darf ich Sie bitten, im Ort die zuständigen Personen
zu informieren?"

Der Geistliche nickte. „Selbstverständlich."

Eine Stunde war vergangen. Erneut hatte starker Regen
einsetzt und heftiger Sturm rüttelte wütend am ganzen
Hause. In der Ferne war Donnergrollen zu hören und alle
Augenblicke zuckten Blitze aus dem Himmel herab. Da die
Dienerschaft keine gegenteiligen Anweisungen erhalten
hatte, war ein Abendessen angerichtet worden, doch nie-

mand hatte sich zu Tisch gesetzt. Stattdessen hatte man sich im Salon versammelt. Brimsby hatte Constance Morgan ein leichtes Beruhigungsmittel verabreicht und ihr Schwager Bernhard hatte sich neben sie auf das Kanapee gesetzt und seine Hand beruhigend auf die ihre gelegt; dabei deutete sein bleiches Gesicht darauf hin, dass er kaum weniger aufgeregt war als sie. Brimsby und der junge Hanley hatten sich, als nicht zur Familie gehörig, ein wenig abseits gesetzt, und William saß schwer in einem Sessel und starrte düster vor sich hin. Father Brown stand am Fenster und blickte nachdenklich in die Dunkelheit. Nur Harriet Morgan lief unruhig auf und ab. „Ich kann es immer noch nicht fassen!", rief sie schließlich in die Stille hinein. „Dein eigener Bruder!"

„Ihm ging es schon immer nur ums Geld", erwiderte William missmutig.

„Aber dass er so weit gehen würde, die Hand gegen das eigene Fleisch und Blut zu erheben … Ich kann es einfach nicht glauben!"

Langsam drehte sich Father Brown um und sah betrübt in die Runde: „Auch ich nicht. Ich glaube es ebenfalls nicht."

William Morgan sah irritiert auf: „Was zum Teufel meinen Sie damit, Hochwürden?"

Father Brown lächelte schüchtern. „Ich glaube nicht, dass Gilbert versucht hat, Sie zu töten."

„Was wollen Sie damit sagen?", brauste William auf. „Zweifeln Sie meine Worte an? Das verbitte ich mir! Ich habe genauestens geschildert, was vorgefallen ist."

„Das bezweifele ich nicht", erwiderte der Geistliche sanft. „Sie haben nicht gelogen, Mr Morgan, aber die Wahrheit haben Sie auch nicht gesagt."

„Was zum Teufel ...?"

„Es passt alles zusammen, bis auf ein kleines Detail", fuhr Father Brown fort. „Als ich Gilbert die Augen schloss, stellte ich zu meiner Verwunderung fest, dass er eiskalt war. Wie konnte das sein? Wenn Ihre Schilderung den Tatsachen entsprechen würde, wäre er gerade erst ein paar Minuten tot gewesen."

Alle Augen waren nun auf Father Brown gerichtet.

„Ein winziges Detail, aber ein entscheidendes. Eines, das eine ganze Kette von Überlegungen bei mir auslöste. Erlauben Sie mir, sie hier auszuführen." Ohne eine Antwort abzuwarten, fuhr der Priester fort: „Wenn Gilbert kalt war, als wir ihn fanden, bedeutet dies, dass er bereits seit Stunden tot sein musste."

„Humbug!", schnauzte William Morgan. „Merken Sie denn nicht, dass dies nicht sein kann? Ich wurde angegriffen, folglich kann mein Bruder nicht schon seit Stunden tot gewesen sein. Und ich hätte es wohl auch bemerkt, wenn er mitten im Stall gelegen hätte, als ich ihn betrat."

„Sie haben vollkommen recht mit allem, was Sie sagen, und dennoch irren Sie sich. In der Tat: Wenn Gilbert im Stall gelegen hätte, hätten Sie ihn unzweifelhaft sehen müssen, daraus kann nur *ein* Schluss gezogen werden: Er hat zu diesem Zeitpunkt noch *nicht* dort gelegen, sondern er wurde dorthin gebracht, *nachdem* Sie aus dem Stall geflüchtet waren."

William Morgan war aufgesprungen und hatte sich selbst einen Brandy eingegossen und stürzte ihn aufgeregt herunter, bevor er antwortete. „Sie meinen, jemand hat Gilbert dort hingelegt? Unsinn! Dazu war kaum Zeit. Wir waren schon wenige Minuten später wieder dort."

„Ganz recht, kaum Zeit. Gilberts Leiche muss ganz in der Nähe deponiert gewesen sein."

„Bei allem Respekt, Hochwürden, was fabulieren Sie da für einen Humbug zusammen? Wenn Gilberts Leiche neben dem Stall gelegen wäre, hätte ich oder jemand anders sie leicht zufällig entdecken können."

„Auch damit haben Sie absolut recht", antwortete Father Brown ruhig. „Man hat Gilberts Leiche ganz in der Nähe versteckt. Wie sagte Gilbert heute noch beim Mittagessen? Vogelscheuchen wären die einzigen Gekreuzigten, die jemals der Menschheit von Nutzen gewesen seien. Ich könnte mir vorstellen, dass heute jemand einen weiteren Nutzen von Vogelscheuchen entdeckt hat: als Versteck für eine Leiche."

„Was?" Harriet Morgan starrte Father Brown mit weit aufgerissenen Augen an.

Der Geistliche sah unglücklich zu Boden. „Es ist paradox: Üblicherweise dienen Vogelscheuchen, um Vögeln weiszumachen, dort befände sich ein lebendiger Mensch. *Hier* wurde sie benutzt, um den Eindruck zu erwecken, dort befände sich kein toter Mensch. Ja, ich fürchte, dass es so war. Die letzten Stunden verbrachte Gilbert angebunden an eine Vogelscheuche. Mit Hut und Mantel darüber, würde aus einiger Entfernung kein Mensch vermuten, dass …"

Mit einem kläglichen Wimmern kippte Constance Morgans Kopf vorne über und sie sank ohnmächtig in sich zusammen. Apotheker Brimsby sprang sogleich hinzu und zusammen mit Bernhard bettete er sie auf das Kanapee. Bernhard erbot sich, trotz der Dunkelheit unverzüglich nach Edale zu reiten und den Doktor zu holen, aber Brimsby winkte ab. Er flößte ihr vorsichtig etwas Brandy ein und tatsächlich kehrten ihre Lebensgeister bald wieder zurück.

In der Zwischenzeit hatte Father Brown sich schweigend im Hintergrund gehalten, während die Blicke der übrigen Anwesenden beunruhigt zwischen ihm und Constance hin und her gewandert waren. Doch nun hielt es William Morgan nicht länger. „Ich verstehe überhaupt nichts mehr, Hochwürden! Wenn Gilbert bereits seit Stunden tot ist, wer in drei Teufels Namen hat dann versucht, mich zu ermorden?"

„Niemand hat das versucht, Mr Morgan."

„Was wollen Sie damit sagen, Hochwürden?", empörte sich nun auch Bernhard Morgan. „Etwa dass mein Bruder den Angriff nur erfunden hat?"

Father Brown schüttelte leicht den Kopf: „Ich muss gestehen, dass dies mein erster Gedanke war." Er wandte sich an William: „Sie töteten Gilbert und behaupteten dann, er habe versucht, *Sie* zu ermorden. Simpel und schlüssig. Doch habe ich diesen Gedanken sogleich wieder verworfen. Die Verletzungen an Ihrem Hals können Sie sich nicht selbst zugefügt haben."

„Oh, vielen Dank, zu gütig!", rief William mit unübersehbarem Sarkasmus. „Aber was soll denn nun passiert sein? Sie sagen einerseits, ich wurde angegriffen und andererseits, dass niemand versucht hat, mich zu erwürgen? Das ergibt keinen Sinn!"

„Scheinbar nicht und dennoch war es so. Sie wurden in der Tat angegriffen, aber die Person, die dies ausführte, hatte nie die Absicht, Sie zu ermorden."

„Was denn dann, zum Henker?"

„Sie sollten lediglich dazu veranlasst werden, sich zur Wehr zu setzten, und das haben Sie ja auch getan, Mr Morgan."

„Das war mein gutes Recht!"

„Niemand bestreitet das. Aber Sie sagten selbst, dass Sie sich gewundert haben, dass es so leicht war, den Angriff abzuwehren."

„Richtig, das war überaus seltsam."

„Oh, keineswegs", erwiderte Father Brown. „Sie wehrten sich und der Angriff hörte auf. Offenbar, weil Gilbert, der angebliche Angreifer, bei Ihrem Abwehrversuch stolperte und mit dem Genick auf den Balken fiel. Tatsächlich jedoch war Gilberts Leiche zu diesem Zeitpunkt noch an eine Vogelscheuche gebunden und der wahre Angreifer, der zuvor absichtlich Ihre Laterne zu Boden geworfen hatte, verschwand nun unerkannt in der Dunkelheit." Father Brown schwieg einen Moment, bevor er hinzufügte: „Und diese Person befindet sich in diesem Augenblick hier mit uns im Zimmer."

Im Salon herrschte Totenstille und nur das Prasseln des Regens und das Heulen des Windes war noch zu hören.

„Wer?" Das Gesicht des jungen Hanley hatte einen kläglichen Ausdruck angenommen.

Father Brown dachte einen Moment nach, bevor er antwortete: „Ich stellte mir bereits heute Nachmittag eine Frage, nur dass ich ihr dort noch keine besondere Bedeutung beimaß. Sie lautete: Warum will jemand etwas tun, was er nicht gut kann? Oder präziser gesagt", er wandte sich zu Bernhard Morgan: „Warum haben Sie uns vorgeschlagen, Bridge zu spielen, obwohl sie wussten, dass Sie es so schlecht beherrschen? Gut, sagte ich mir, Sie konnten hoffen, dass wir anderen noch schlechter sind, aber nach einigen Runden musste Ihnen klar sein, dass Brimsby ein hervorragender Spieler ist und dass selbst solche Amateure wie John Hanley und ich Ihnen darin überlegen sind."

„Na und?", erwiderte Bernhard trotzig. „Ich mag das Spiel nun einmal. Dabei sein ist alles, aufs Gewinnen kommt's mir gar nicht an."

„Eine überaus lobenswerte Einstellung und eine überaus seltene. Doch gestatten Sie mir, dass ich eine Vermutung äußere: Sie wollten uns vorführen, was für eine simple Natur Sie sind und dass Sie somit ziemlich der letzte Mensch seien, dem man zutrauen würde, einen raffinierten Plan zu ersinnen."

Bernhard lachte. „Jetzt geht aber die Fantasie mit Ihnen durch, Hochwürden."

„Keineswegs", erwiderte Father Brown gelassen. „Es ist nicht Fantasie, sondern Logik, die mich zu diesem Schluss kommen lässt. Alles andere ergibt einfach keinen Sinn. Beginnen wir mit dem Motiv: Eines Tages, wenn auch noch nicht jetzt, wird Ihr ältester Bruder das Gut verkaufen und der Erlös unter den Brüdern aufgeteilt. Wenn es dann ein Bruder weniger sein sollte, bekommen Sie mehr."

Bernhard setzte ein mitleidiges Gesicht auf: „Reichlich umständlich, finden Sie nicht? Warum hätte ich nicht einfach William ermorden sollen und dann mit Gilbert teilen? Das wäre dieselbe Summe gewesen und viel früher."

„Und viel zu offensichtlich. Gilbert und Sie wären die Hauptverdächtigen gewesen. Doch als Gilbert beim Mittagessen derartig wütend wurde, erkannten Sie blitzartig die Gelegenheit, ein raffiniertes Theaterstück zu inszenieren und ihm darin die Rolle des Mörders zuzuteilen. So war *ein* Konkurrent schon mal aus dem Wege. Doch galt er nicht als Opfer, sondern als erfolgloser Mörder und Sie hatten mit alldem nichts zu tun."

„Alles Hirngespinste. Sie vergessen eines: Das Geld bekomme ich trotzdem nicht."

„*Noch* nicht. Zu Ihrer Raffinesse gehört auch, dass Sie warten können. Und wer weiß, vielleicht spekulierten Sie darauf, dass Ihr Bruder William an den Folgen der Aufregung auch bald sterben oder sich nicht mehr in der Lage fühlen würde, das Gut weiter zu bewirtschaften."

„Pah, pure Spekulationen."

„Gewiss. Keine Spekulation jedoch ist, dass niemand mehr Ihren Bruder Gilbert gesehen hat, nachdem Sie ihm nach draußen gefolgt waren. Dies war der Zeitpunkt, wo Sie ihm heimtückisch das Genick brachen. Dann banden Sie ihn an eine Vogelscheuche nahe dem Stall, von dem Sie wussten, dass Ihr Bruder William ihn seit zweiunddreißig Jahren täglich um dieselbe Uhrzeit betritt. Sie warteten dort auf ihn, warfen seine Lampe zu Boden, würgten ihn ein bisschen und stolperten absichtlich zurück, als er sich wehrte. Während William zu uns ins Haus lief, rannten Sie zu der Vogelscheuche, nahmen Gilberts Leiche ab, schleppten sie in den Stall und legten sie so unter den Balken, als habe Gilbert sich bei einem Sturz das Genick gebrochen."

„Hochwürden", wandte sich Harriet Morgan an Father Brown, „das kann alles nicht sein, denn als mein Mann vom Stall zum Haus lief, waren wir alle, einschließlich Bernhard hier im Haus."

„War es so?", fragte Father Brown. „Oder hat nicht Bernhard im selben Moment, wo er sicher war, dass William zum Stall gehen würde, das Zimmer verlassen, angeblich um oben nach Gilbert zu suchen? Wir haben dann von oben Geräusche gehört, aber gesehen hat Bernhard niemand."

Harriet schüttelte den Kopf: „Was reden Sie denn da für einen Unsinn, Hochwürden. Constance war die ganze Zeit bei ihm."

„Zumindest sagt sie das", erwiderte Father Brown sanft und drehte sich zu Constance. „War es so oder benötigen Sie eine weitere Ohnmacht, um darüber nachzudenken? Diesmal sollte es wohl eine schwerere sein, eine, die so dramatisch ist, dass Bernhard dieses Mal wirklich die Gelegenheit hat, heldenhaft in tiefster Dunkelheit das Haus zu verlassen, angeblich um einen Arzt zu holen und sich dann für immer aus dem Staub zu machen. War es nicht vielmehr so, dass Bernhard Ihnen, nachdem Ihr Mann nach dem Mittagessen aus dem Haus gestürmt war, einen unerhörten Vorschlag machte? Er würde Sie von dem Mann befreien, unter dem Sie so litten, und alles, was *Sie* tun mussten, war, später zu behaupten, dass Bernhard mit Ihnen oben war, während er stattdessen aus dem Fenster stieg, nach unten kletterte und zum Stall lief. Währenddessen machten Sie oben genug Lärm, um Ihre gemeinsame Suche vorzutäuschen. War es so?"

Constance senkte den Kopf und schwieg, während Bernhard mit bleichem Antlitz auf Father Brown starrte. Außer dem lauten Toben des Gewitters, das von draußen hereindrang, herrschte Stille. Eine Minute lang sagte niemand ein Wort.

„Es beruht alles nur darauf", begann Bernhard schließlich zögernd, „dass Sie sagen, dass Gilbert schon kalt war, als Sie ihm die Augen schlossen. Und das können Sie jetzt nicht mehr beweisen. Ohne das ist alles andere nur eine fantasievolle Geschichte, hab ich recht, Hochwürden?"

Father Brown nickte bekümmert: „Sie haben recht."

Bernhard lächelte. „Das dachte ich mir und ich möchte hinzufügen …"

„Genug!" William Morgan erhob sich langsam aus seinem Sessel. Sein Antlitz war dunkelrot und mit einer Miene, die in alttestamentarischem Zorn verzerrt war, drehte er sich mit drohender Gebärde zu Bernhard und Constance. „Aus meinen Augen, elendes Lumpenpack!"

Und ehe die beiden auch nur mit der Wimper zucken konnten, hatte William Morgan sie beide zur Tür geschleift und unter Schlägen und Tritten nach draußen in den Regen und den Sturm befördert.

Father Brown trat ans Fenster und sah den beiden Gestalten nach, die von den Naturgewalten umtost, langsam in der Dunkelheit verschwanden, und sprach ein Gebet für sie.

* * *

Die tödliche Melodie

Das helle Ping-Ping, welches der silberne Löffel an der chinesischen Teetasse verursachte, sorgte dafür, dass alle Anwesenden im Salon ihre Gespräche unterbrachen und sich dem Gastgeber dieses nachmittäglichen Empfanges, Sir Ambrose, zuwandten, der auf diese Weise um Gehör gebeten hatte. In seinem runden Gesicht, das gewinnend wirkte, da dessen geradezu überirdische Blasiertheit von einer entwaffnenden kindlichen Naivität ausgeglichen wurde, zeigte sich begeisterte Vorfreude. Eine Vorfreude, die von den Gästen geteilt wurde. Sir Ambrose hatte zu einer kleinen, aber feinen Zusammenkunft mit Tee und Gurkensandwiches geladen und alles, was in der Grafschaft Rang und Namen hatte, war erschienen. Man sah den Bürgermeister, einen Richter, Lady Montague, einen Bankier, den Polizeichef, den Herausgeber des Daily Chronicle, einen katholischen Geistlichen und noch einige mehr, denn in der Einladung war geheimnisvoll angedeutet worden, dass man etwas wahrlich Außergewöhnliches zu sehen bekommen würde. Manche erinnerten sich noch, dass Sir Ambrose einer der ersten in der ganzen Gegend gewesen war, der ein Automobil sein Eigen genannt hatte, und nun rätselte man, was wohl heute sein würde.

„Ladies und Gentlemen", begann Sir Ambrose, „es ist so weit. Ich habe Ihnen eine Überraschung versprochen und hier ist sie." Er ging hinüber zu einer Kommode, auf der sich ein Objekt befand, das mit einem schwarzen Seidentuch bedeckt war. Sir Ambrose ergriff einen Zipfel des Tuches und zog es mit grandioser Geste zur Seite. Darunter befand sich eine Glashaube, unter der ein silberglänzender Gegenstand lag, der aufgrund seiner Kleinheit schlecht zu erkennen war. „Voilà, die Spieluhr des Cesare da Sesto. Bevor ich sie in einer Woche versteigern lasse, möchte ich Ihnen Gelegenheit geben, dieses Kleinod zu bewundern."
Die Gäste applaudierten etwas ratlos, aber durchaus freundlich.
„Für den einen oder anderen unter Ihnen, dem entfallen ist, wer Cesare da Sesto war und was es mit dieser Spieluhr auf sich hat", sagte Sir Ambrose in zuvorkommender Feinfühligkeit, „darf ich das Wesentliche kurz rekapitulieren: Cesare da Sesto war ein bedeutender Schüler Leonardo da Vincis. In der Tat *so* bedeutend, dass sich seine Statue gemeinsam mit der da Vincis an dem berühmten Denkmal auf der Piazza della Scala in Mailand befindet. Hauptsächlich ist er bekannt für seine Gemälde, die", Sir Ambrose nickte freundlich dem Geistlichen zu, „zumeist Szenen aus der Bibel zeigen und die heute in den bedeutendsten Museen der Welt hängen, aber …", er machte eine kleine Pause, um die Spannung zu erhöhen, „… wir alle wissen, dass Leonardo nicht nur Maler war, sondern auch visionärer Erfinder und Naturwissenschaftler. Es ist daher nicht verwunderlich, dass auch seine Schüler in dieser Hinsicht tätig wurden. Diese Spieluhr ist aus zwei Gründen bemerkenswert. Einem unwiderlegbaren und einem, wie soll ich sagen,

reichlich obskuren. Zum Ersten hat da Sesto dieses Kleinod über zweihundert Jahre früher konstruiert als die Spieluhr, wie wir sie heute kennen, erfunden wurde. Es teilt damit das Schicksal von zahlreichen Erfindungen Leonardo da Vincis, der seiner Zeit voraus war und der Dinge erfunden hat, deren Wert damals niemand erkannte und die Hunderte von Jahren später von anderen aufs Neue erfunden wurden."

„Und der zweite Grund?", fragte Father Brown.

Sir Ambrose lächelte amüsiert. „Nun, der ist, wie gesagt, ein wenig obskur, um nicht zu sagen höchst bizarr: Es gibt ein Jahrhunderte altes Gerücht, dass die Melodie dieser Spieluhr tödlich ist. Wer sie hört, stirbt innerhalb weniger Sekunden. Darum ist sie seit langer Zeit nicht gespielt worden."

Unter den Anwesenden brach Amusement aus und alle riefen durcheinander:

„Mumpitz!"

„Wahrscheinlich ist die Musik darauf einfach schrecklich anzuhören, darum hat sich der Erbauer dieses Ammenmärchen ausgedacht."

„Lächerlicher Aberglaube."

„Geben Sie es zu, Sir Ambrose, das uralte Ding ist so verrostet, dass sich ihm kein Ton mehr entlocken lässt. Da ist es natürlich praktisch, wenn niemand wagt, die Kurbel zu drehen."

Allgemeines Gelächter war die Folge.

Sir Ambrose hob die Hände: „Ich kann Ihnen versichern: Die Spieluhr funktioniert."

„Woher wollen Sie das denn wissen?", rief Lady Montague munter in den Raum. „Haben Sie es ausprobiert? Falls ja, ist erwiesen, dass die Spieluhr nur zur Hälfte funktioniert. Sie spielt Musik, aber sie tötet nicht."

Sir Ambrose wirkte zerknirscht: „Nun, ich wollte das eigentlich nicht zur Sprache bringen, aber mein Sohn Herbert hat es ausprobiert. Er hat sich mit unserer Katze im Keller eingeschlossen, sich die Ohren mit Wachs verstopft und die Kurbel gedreht. Er selbst konnte die Melodie nicht hören, aber die Katze schon." Er sah unsicher in die Runde.

„Was ist passiert?", verlangte der Richter zu wissen.

Sir Ambrose machte ein betretenes Gesicht. „Nach kaum einer halben Minute verfiel die Katze in fürchterliche Krämpfe und verstarb. Mein Diener hat sie gestern Abend neben dem Gartenpavillon begraben, das war ihr Lieblingsplatz." Er blickte traurig zum Fenster, wo in einiger Entfernung ein französischer Pavillon mit einem grünen Kupferdach zu sehen war, in dem einige hübsche schmiedeeiserne Stühle und ein ebensolches Tischchen standen. Auf dem Dach flatterte fröhlich ein Wimpel.

„Bei allem Respekt", meldete sich der Zeitungsherausgeber zu Wort: „Das war zweifellos ein Zufall, ein etwas ungewöhnlicher Zufall, das will ich gerne einräumen, aber dennoch bloß ein Zufall. Für jede Katze ist irgendwann das Ende gekommen. Mit der Spieluhr hatte das gewiss nichts zu tun. Vielleicht war die Katze krank oder sie hat im Keller Rattengift gefressen oder sie hatte einfach Angst. Es gibt Hunderte von Möglichkeiten, nur eine nicht, nämlich dass sie durch eine ominöse Musik getötet wurde."

„Es gibt mehr zwischen Himmel und Erde, als sich unsere Schulweisheit träumen lässt", murmelte jemand.

„Vielleicht sollte man die Spieluhr an zum Tode verurteilten Deliquenten testen, bevor man sie hängt", sagte der Richter, wobei nicht klar war, ob er es im Scherz meinte oder ob er in vollem Ernst sprach. „Diese Männer haben ohnehin nichts mehr zu verlieren. Wenn die Melodie keinerlei Wirkung hat, macht es ihnen nichts aus, und falls doch, kommt der Tod für sie gnädig überraschend und sie haben der Wissenschaft einen Dienst erwiesen."

Unter den Anwesenden wurden betretene Blicke gewechselt. Dann trat der Herausgeber des Daily Chronicle einen Schritt vor und sagte: „Es gibt nur einen Weg, die Wahrheit herauszufinden. Drehen wir die Kurbel der Spieluhr und hören wir die Melodie."

Für einige Sekunden trat Stille ein. Dann erhob sich allgemeine Zustimmung, vermischt mit fröhlichem Gelächter. Der Herausgeber des Daily Chronicle wandte sich an Sir Ambrose: „Wenn Sie erlauben." Er trat an die Kommode und stellte die Glashaube beiseite, sodass die Spieluhr nun frei dastand. Jemand applaudierte.

„Auf keinen Fall!", gellte Lady Montagues Stimme durch den Salon. „Ich verbiete es! Niemand weiß, was passiert, wenn Sie diese Kurbel drehen. Es mag alles nur eine Legende sein, aber andererseits war da Vinci ein Universalgenie und sein Schüler möglicherweise auch. Vergessen wir bitte nicht die tote Katze."

Die Mehrheit der Gäste schien dieser Einwand nachdenklich zu stimmen, besorgte Blicke wurden gewechselt.

„Gut", erwiderte der Herausgeber etwas verdrießlich. „Wenn Sie alle sich von Kindermärchen ins Bockshorn jagen lassen wollen, bitte sehr. Ich für meinen Teil bin stets auf der Suche nach der Wahrheit gewesen. Darum nehme ich jetzt die Spieluhr und werde mich in das abgelegenste Zimmer dieses Hauses zurückziehen und mir die Melodie anhören."

„Nein, was ist, wenn wir dennoch etwas hören?"

„Ich glaube ebenfalls nicht an die Tödlichkeit dieser Melodie", schaltete sich Sir Ambrose begütigend ein. „Der Tod der Katze hat ganz sicher einen anderen Grund. Andererseits wollen wir doch niemanden unnötig in Furcht versetzen, oder? Wie wäre es daher, wenn Sie mit der Spieluhr in den Pavillon im Garten gehen, dort sind Sie so weit entfernt, dass es ausgeschlossen ist, dass wir hier noch etwas hören, aber dafür können wir Sie vom Fenster aus sehen."

„Soll mir recht sein", rief der Herausgeber. „Wer hat genug Mut, mit mir zu kommen?"

Augenblicklich hoben der Arzt und der Bankier die Hand und, nach einigem Zögern, auch der Richter.

Eine seltsame Stimmung verbreitete sich unter den übrigen Anwesenden. Man hegte zwar Bedenken (um derentwillen man sich nicht ebenfalls gemeldet hatte), empfand jedoch zugleich eine prickelnde Neugier und war froh um vier mutige Männer, die das Wagnis eingehen wollten. Ja, manch einer, der mit keinem der vier Männer persönlich bekannt war, mochte sogar, von Sensationslust getrieben, insgeheim hoffen, dass die Melodie tatsächlich tödlich sei und dass man so ein einmaliges Spektakel zu sehen bekäme.

Nachdem Sir Ambrose den vier Wagemutigen dringend ans Herz gelegt hatte, die Jahrhunderte alte, kostbare Spieldose wie ein rohes Ei zu behandeln, betraten die vier durch die Terrassentür den riesigen Garten und machten sich auf zum Pavillon, der etwa hundert Yards entfernt liegen mochte und vom Hause aus gut zu sehen war. Die übrigen Gäste drängten nun zu den Fenstern, um einen guten Platz mit freier Sicht auf das Geschehen zu haben, während man sich gegenseitig wissend zulächelte und versicherte, dass es natürlich nichts zu sehen geben werde.

Bald darauf sah man die vier das kurze Treppchen zum Pavillon hinaufschreiten und an dem hübschen schmiedeeisernen Tischchen Platz nehmen. Der Herausgeber stellte die Spieluhr mit großer Vorsicht in die Mitte des Tisches. Dann schien sich eine kurze Diskussion zu entspinnen, an deren Ende der Richter die Hände ausstreckte und begann, die kleine Kurbel zu drehen. Einige der Zuschauer im Hause hielten sich aus Vorsicht die Ohren zu, doch dies war unnötig, denn die Spieldose schien sehr leise zu sein, was man daran erkennen konnte, dass sich die vier Herren weit vorgebeugt hatten, um überhaupt etwas hören zu können. Dabei sah man sie grinsen und lachen und unter den Zuschauern verbreitete sich eine Gefühlsmelange aus Erleichterung und Enttäuschung. Plötzlich hörte man Lady Montague laut aufschreien und ein Stöhnen ging durch die Zuschauer, denn vor ihren Augen spielte sich Entsetzliches ab: Die vier waren von starken Krämpfen befallen worden und wanden sich mit verzerrten Gesichtern voller Qual, während um den Pavillon herum die Vögel vom Himmel fielen. Niemand hatte je etwas Grauenvolleres gesehen. Nach einer Minute war alles vorbei, die vier Männer waren in sich zusammengesackt und gaben keinerlei Lebenszeichen mehr von sich.

Eine fürchterliche Stille breitete sich im Salon aus. Nur die Stimme Father Browns war noch zu hören, der leise ein Gebet sprach. Alle standen mit vor Schrecken geweiteten Augen und offenen Mündern da und starrten sich gegenseitig an.

„Einen Arzt!", rief schließlich jemand, was Sir Ambrose dazu brachte, unverzüglich einen Diener loszuschicken. Dann trat wieder Stille ein.

„Wir sollten nach ihnen sehen", schlug Father Brown schließlich vor. „Vielleicht leben sie noch."

Die Idee weckte keinerlei Begeisterung, aber da niemand einen vernünftigen Einwand dagegen vorbringen konnte, machte man sich nolens volens auf den Weg.

Als sie den Pavillon erreichten, bot sich ihnen ein Bild des Grauens: Es war auf den ersten Blick zu erkennen, dass jegliche Hilfe zu spät kam. Alle vier Männer waren tot. Ihre Augen blickten starr ins Nichts, was grauenvoll anzusehen war, und etwa ein Dutzend verendete Vögel, die um den Pavillon verstreut im Gras lagen, fügte dem bizarren Tableau ein weiteres Element des Schreckens hinzu.

Mit bleichen Gesichtern stand man um den Pavillon herum, während jemand mit tonloser Stimme murmelte: „Die tödliche Melodie. Sie existiert tatsächlich." Einige bekreuzigten sich.

Father Brown zog seine violette Stola aus der Tasche, küsste sie und legte sie um. Dann stieg er die kleine Treppe zum Pavillon hinauf, trat nacheinander an jeden einzelnen der vier toten Männer heran und erteilte seinen Segen. Alle sahen ihm voller Erleichterung zu, enthob es sie doch der Verpflichtung, selbst etwas sagen oder tun zu müssen. Plötzlich drang aus der Stille ein leises Wimmern. Sir Ambrose war auf die Knie gesunken und hob mit zerfurchten Gesichtszügen beschwörend die Hände zum Himmel: „Es ist alles meine Schuld! Wie konnte ich das nur zulassen? Verflucht sei der Tag, an dem ich diese höllische Apparatur erwarb! Ich wünschte, meine Hand wäre verdorrt in dem Moment, in dem ich sie danach ausstreckte!" Von heftigem Schluchzen geschüttelt, sank sein Kopf kraftlos auf die Brust. Ein Bild des Jammers. Schließlich erbarmte sich jemand und half dem alten Mann auf die Beine. In düsterer Stimmung schritt man langsam zum Haus zurück.

„Die Spieluhr!", rief plötzlich Lady Montague. „Wir dürfen sie nicht dort stehen lassen. Jemand könnte sie stehlen und unwissend benutzen."

Einen Moment standen alle unschlüssig herum, niemand schien sich um diesen Auftrag zu reißen.

„Ich hole sie", sagte schließlich Father Brown, was die anderen erleichtert aufatmen ließ. Während Father Brown sich auf den Weg zum Pavillon machte, setzten die Übrigen ihren Weg ins Haus fort.

*

Es war etwa eine halbe Stunde später – man hatte sich mit einigen Gläsern Brandy gestärkt –, als jemandem auffiel, dass Father Brown immer noch nicht zurückgekehrt war.

„Er wird doch nicht …", rief einer, was einen gehörigen Schrecken unter den Anwesenden auslöste. Hatte der Priester, der ja für seine beinahe schon krankhafte Neugier bekannt war, etwa der Versuchung nicht widerstehen können und ebenfalls die Spieluhr in Betrieb genommen? Als hätte jemand einen lautlosen Befehl erteilt, stürzte mit einem Mal alles zum Fenster und richtete den Blick zum Pavillon. Dem erleichterten Aufatmen der Gäste – der Priester war ganz offensichtlich nicht tot, sondern erfreute sich bester Gesundheit – folgte alsbald die Sorge, ob sich diese Gesundheit möglicherweise nur auf das Körperliche erstreckte, nicht jedoch auf das Geistige. Denn in der Tat verhielt sich Father Brown überaus seltsam: Zur Verwunderung aller sah man ihn auf einer Leiter stehen, die an den Pavillon gelehnt war und irgendetwas auf dem Dach betrachten. Nach einiger Zeit stieg er hinunter und ging zu einem kleinen Erdhügel, der wohl die Stelle bezeichnete, an der die tote Katze begraben war. Mehrere Minuten stand der Priester an dem kleinen Grab, mit der Spieluhr in der Hand und offenbar tief in Gedanken versunken. Dann kam plötzlich Leben in den rundlichen kleinen Mann. Er klopfte sich etwas Schmutz von der Soutane und dann strebte er entschlossenen Schrittes zum Hause zurück. Einige Minuten später betrat er den Salon, die Spieluhr vorsichtig in beiden Händen tragend. Unter den gebannten Blicken der Anwesenden stellte er sie auf ihren ursprünglichen Platz, während Sir Ambrose sogleich hinzustürzte und sie mit der Glasglocke bedeckte, was alle mit Erleichterung aufnahmen.

„Raus mit dem Teufelsding!", rief Sir Ambrose. „Ich bringe es in mein Kontor und verschließe das Zimmer. Wir wollen nicht das allergeringste Risiko eingehen."

„Das wird nicht nötig sein", ließ sich Father Brown vernehmen, woraufhin sich alle Köpfe zu ihm drehten. „Ich habe eine gute und eine schlechte Nachricht für Sie, meine Herrschaften: Die gute ist, diese Spieluhr ist völlig harmlos. Die schlechte Nachricht lautet: Die vier Männer sind kaltblütig ermordet worden."

Ein ungläubiges Raunen ging durch den Salon. Jemand lachte.

„Wie können Sie denn so etwas behaupten, Hochwürden?", verlangte Lady Montague zu wissen.

„Ich habe dafür zwei Gründe", erwiderte der Priester. „Dies ist der erste" Er streckte seine flache Hand aus, auf der sich etwas befand, was man nicht gut erkennen konnte, sodass alle nähertraten.

„Getreidekörner?" Lady Montague hob eine Augenbraue.

„Nicht ganz" korrigierte Father Brown. „Ich hab ein wenig davon um den Pavillon verteilt gefunden. Das hat mich auf eine Idee gebracht. Daraufhin bin ich zum Geräteschuppen gegangen und habe mir eine Leiter geholt, mit deren Hilfe ich mir das Dach des Pavillons angesehen habe. Und dort fiel mir etwas überaus Seltsames auf: Um das gesamte Dach herum verläuft eine Regenrinne …"

„Was soll denn daran seltsam sein?", warf Sir Ambrose verärgert dazwischen.

„Daran ist nichts seltsam", antwortete der Angesprochene ruhig. „Seltsam ist, dass die Dachrinne voll mit dem war, was Lady Montague Getreidekörner nennt. Ich hingegen nenne es Vogelfutter."

„Wirres Zeug!", rief Sir Ambrose und einige der Anwesenden ließen murmelnd ihre Zustimmung erkennen.

„Ich habe mich gefragt", fuhr Father Brown unbeirrt fort, „wie es dahin gekommen ist. Keinesfalls auf natürlichem Wege. Irgendjemand muss sich die Mühe gemacht haben, es dort zu platzieren."

„Absurd!", rief Lady Montague. „Warum sollte das jemand tun, Hochwürden?"

„Das ist genau die Frage. Im Garten Vögel füttern ist ein löblicher Zug, aber dafür gibt es Vogelhäuschen. Warum sollte man absichtlich dafür sorgen, dass das Dach eines Pavillons voller Vogelexkremente ist? Ein dummer Streich? Unwahrscheinlich. Zu viel Aufwand für zu wenig Effekt. Nein, der Grund ist ein anderer: Man wollte sicherstellen, dass sich zu jeder Zeit Vögel auf dem Dach befinden, auch in einem ganz bestimmten Moment."

„Sie meinen …?", flüsterte jemand.

„Ganz recht. Ich spreche von den Augenblicken, als die vier Männer starben."

„Wir selbst haben es alle gesehen", rief Sir Ambrose erregt. „Es war niemand sonst dort. Es kann kein Mord gewesen sein."

„Ich fürchte doch, Sir Ambrose. Der Mörder war in gewisser Weise unsichtbar. Oder genauer gesagt, er befand sich währenddessen hier im Haus."

„Ich verwahre mich dagegen, dass Sie einen meiner Gäste des Mordes beschuldigen, Hochwürden!", entgegnete Sir Ambrose erregt.

„Keine Sorge, das tue ich nicht. Vielmehr beschuldige ich Sie, Sir Ambrose. Sie hatten als einer der Ersten in der Grafschaft ein Automobil und ich bin sicher, Sie verfügen bereits über eine Stromleitung. Die haben Sie unter dem Rasen bis zum Pavillon verlegt. Im richtigen Moment, als wir alle sahen, wie der Richter die Kurbel der Spieluhr drehte, haben Sie, Sir Ambrose, einen irgendwo hier im Salon verborgenen Schalter umgelegt und damit den schmiedeeisernen Tisch und die Stühle sowie das kupferne Dach elektrisiert. Die Männer starben an ihren Plätzen und einige Vögel fielen tot vom Dach, was zugebenermaßen das Ganze sehr viel überzeugender machte. Ich vermute, dass Sie die Stromvorrichtung zuvor an der armen Katze ausprobiert haben."

Sir Ambrose war rot im Gesicht angelaufen: „Warum sollte ich so etwas Verrücktes tun?", stammelte er. „Ich hatte nichts gegen die vier. Ja, niemand, auch ich nicht, konnte wissen, dass gerade diese vier die Spieluhr ausprobieren würden."

„Das hat mich zunächst auch irritiert", erwiderte der Priester. „Allerdings durften Sie davon ausgehen, dass zumindest *irgendjemand* unter den Gästen darauf bestehen würde, das Geheimnis der Spieluhr zu lüften. *Wer* das sein würde, war Ihnen egal. Ihnen ging es um etwas ganz anderes. Darum haben Sie auch dafür gesorgt, dass wir anderen alle gut sehen konnten, was sich im Pavillon abspielte. Sie wollten Zeugen haben, welche die tödliche Wirkung der Spieluhr bestätigen würden. Dass sie von Cesare da Sesto ist – falls das überhaupt stimmt –, mag ja bemerkenswert sein, aber als ein Gerät mit einer tödlichen Melodie, die nach dem heutigen Vorfall niemand je würde zu spielen wagen, wäre sie ein einmaliges Objekt von unermesslichem Wert und hätte Ihnen auf Ihrer Auktion nächste Woche eine astronomische Summe erbracht. Das ist der Grund, warum die vier Männer sterben mussten."

Sir Ambrose war aschfahl geworden und in einen Sessel gesunken, während die übrigen Personen im Salon fassungslose Blicke tauschten.

„Und der *zweite* Grund?", ließ sich Lady Montague schließlich vernehmen. „Sie sagten zu Beginn, es gäbe zwei Gründe, warum Sie glauben, die Männer seien ermordet worden. Der erste war das Vogelfutter. Aber was war der zweite?"

Father Brown lächelte schüchtern. „Ich hab die Kurbel gedreht und mir die ganze Melodie angehört. Sie ist eindeutig nicht tödlich."

„Wie hat sie geklungen?", verlangte Lady Montague atemlos zu wissen.

Father Brown zuckte die Schultern: „Ganz hübsch, aber etwas einfallslos."

* * *

Die unwiderstehliche Madeleine Fairfax

Father Brown war es nicht nur einst vergönnt gewesen, als Gast einer Waisenhauseinweihung König Georg V. persönlich die Hand zu schütteln, er hatte auch vor einigen Jahren in Rom den Vatikan besucht und dabei sogar, wenn auch nur als Bestandteil einer langen Warteschlange, einige kurze Worte mit seiner Heiligkeit Pius X. wechseln dürfen. Eines wie das andere unvergessliche Erlebnisse. Doch all das verblasste gegen die unerhörte Gnade, die dem Priester nun zuteilwurde: eine Einladung in eine der renommiertesten Institutionen Englands, den sagenumwobenen Athenaeum-Club. Im Gegensatz zu den meisten anderen exklusiven Londoner Herrenclubs wurde hier bei der Auswahl der Mitglieder weniger Wert auf Stand und Vermögen gelegt, sondern vielmehr auf herausragende Leistungen in allen nur möglichen Fachgebieten. Zu den Mitgliedern zählten Charles Darwin, Rudyard Kipling, Charles Dickens, Walter Scott, William Makepeace Thackeray und zahlreiche Nobelpreisträger, mindestens einer in jeder Disziplin. Auch die über achtzigtausend Bände umfassende Bibliothek des Athenaeum-Clubs genoss einen geradezu legendären Ruf.

Nun also hatte auch Father Brown diese heiligen Hallen an der Pall Mall betreten dürfen, wenn auch nicht als ordentliches Mitglied, sondern lediglich als geladener Gast, den man gebeten hatte, einen erhellenden Vortrag über die sieben Todsünden zu halten. Ein Ansinnen, dem er gerne und offenbar zu allseitiger Zufriedenheit nachgekommen war.

Nun saß man noch in den schweren Ledersesseln des Morning Rooms bei einigen ausgezeichneten Zigarren und noch ausgezeichneterem Sherry beisammen und plauderte angeregt über Father Browns Vortrag. Alsbald weitete sich das Gespräch auf das gesamte Gebiet der Sünden aus und es gipfelte schließlich in der Frage, ob die Selbsttötung auch unter die Todsünden falle, und falls ja, unter welche.

„Nun, ich würde meinen", sagte der Priester nachdenklich, „dass es hierbei auch ganz entscheidend nicht nur um die Tat selbst geht, sondern auch darum, *weshalb* jemand so handelt."

Nun wurden von den anderen Herren verschiedene Beispiele gerufen, doch sie verstummten allesamt schnell, als der bekannte Romancier Cedric Burton die Rede auf Miss Madeleine Fairfax brachte, was auf allgemeine Zustimmung stieß.

„Den Namen habe ich wohl schon ein- oder zweimal in der Zeitung gelesen, aber ich fürchte, ich weiß nicht, wer das ist", gestand Father Brown ein wenig verlegen.

„Sie belieben, uns auf den Arm zu nehmen, Hochwürden", erwiderte Burton. „Sie ist die schönste Frau Englands."

„Woher soll Father Brown das wissen?", unterbrach ihn lachend Edmond Galbraith, der renommierte Organist, der erst wenige Tage zuvor in der Albert Hall einen triumphalen Erfolg gefeiert hatte. „Er ist ein Priester und hat kein Auge für weibliche Schönheit."

Father Brown hob den Finger, um zu widersprechen: „Sie irren, verehrter Galbraith. Ich bin zwar katholisch, aber nicht blind. Dennoch weiß ich nichts über diese Dame."

„Im Grunde *ist* sie gar nicht so schön", meldete sich der Chemiker Charles Hamilton zu Wort. „Gewiss, in der richtigen Beleuchtung mag sie einigermaßen hübsch anzusehen sein, aber eine klassische Schönheit ist sie keineswegs. Sie hat zu kleine Augen und zu schmale Lippen, aber dennoch ..."

„Das ist *Ihre* Meinung, eine Meinung, der mancher heftig widersprechen würde!", unterbrach ihn Burton.

„Aber dennoch", führte Hamilton seine Überlegung ungerührt fort, „gebe ich zu – und hätte es bereits zugegeben, wenn Sie nicht geruht hätten, mich zu unterbrechen –, dennoch hat Miss Fairfax etwas an sich, dennoch ist da etwas – etwas, das schwer zu beschreiben ist, ein gewisses Fluidum, eine gewisse besondere Ausstrahlung, die ..."

„Ein unwiderstehlicher Charme. *Das* ist es!", stellte Edmond Galbraith fest. „Ich selbst habe die Dame auf einem Empfang aus einiger Entfernung bewundern können und ..."

„Aus einiger Entfernung nur? Sie Ärmster!", spottete Burton gutmütig.

„Nun ja", räumte Galbraith nicht ohne Zerknirschung ein, „meine Frau war nicht glücklich über die Anwesenheit von Miss Fairfax. Wie auch wohl jede andere Frau auf diesem Empfang. Miss Fairfax ist der strahlende Mittelpunkt jeder Gesellschaft, wo sie geht und steht, ist sie umschwärmt von den illustresten Männern der Londoner Gesellschaft. Es heißt, sie hat bereits über hundert Heiratsanträge erhalten – zum größten Teil Männer von Rang und Namen und beträchtlichem Vermögen, selbst ein Herzog soll darunter gewesen sein –, die sie jedoch samt und sonders zurückgewiesen hat. Dabei ist sie selbst nicht mal eine besonders gute Partie. Ihr Vater war Arzt der Britischen Armee in Indien. Dort hat Miss Fairfax auch einige ihrer Jugendjahre verbracht und ist ihrem Vater bei seinen Behandlungen der Einheimischen zur Hand gegangen. Natürlich will ich nichts gegen ihren Vater sagen, er ist ein hochgeachteter, fähiger Mediziner und durchaus gut betucht, aber weit entfernt davon, reich zu sein. Ich erwähne das nur, um zu verdeutlichen, dass es keineswegs Geld oder Titel sind, wodurch Miss Fairfax die Männerwelt in ihren Bann zieht. Vielleicht ist es ihr sprühender Geist, von dem man sich so einiges erzählt."

„Sprühender Geist? Davon höre ich zum ersten Mal", ließ sich Charles Hamilton vernehmen. „Sie soll sogar durchaus wortkarg sein. Ich vermute viel eher, es ist ihr gutes Herz, das ihr diese besondere Aura verleiht. Ich habe gehört, dass, wenn sie auf der Straße eines Bettlers ansichtig wird, sie diesen in ihr Haus einlädt und ihn mit einer kräftigen Mahlzeit bewirtet. Diese Frau ist eine Heilige."

Zustimmendes Gemurmel war unter den übrigen Mitgliedern des Athenaeum-Clubs zu vernehmen.

„Überaus interessant", sagte Father Brown. „Aber sprachen wir nicht über die Sünde der Selbsttötung? Was hat Miss Fairfax damit zu tun? Wenn ich Sie alle richtig verstehe, erfreut sich die junge Dame doch bester Gesundheit."

Ein kurzer Moment der Stille trat ein. „Sie schon", sagte dann Edmond Galbraith. „Aber drei oder vier Männer nicht, deren Heiratsantrag sie abgelehnt hat. Sie haben sich selbst getötet."

„Drei oder vier?", fragte Burton nach. „Ich habe von einer anderen Zahl gehört: sieben."

„Elf. Es waren elf", stellte Hamilton nüchtern fest. „Ich habe alle Zeitungsartikel verfolgt. Elf Männer haben sich wegen Madeleine Fairfax das Leben genommen."

„Bis jetzt", schmunzelte Burton. „Dies ist wohl der Grund, warum die Zeitungen eine Art Spitznamen für sie haben, den man nur als morbide Bewunderung bezeichnen kann: *Die unwiderstehliche Madeleine Fairfax*."

„Ehrlich gesagt könnte die Zahl noch weit höher liegen", spekulierte Charles Hamilton. „Ein zurückgewiesener Heiratsantrag ist eine Schmach, die kein Mann bekannt machen möchte. Wer weiß, wie viele zurückgewiesene Verehrer sich wegen Miss Fairfax umgebracht haben, ohne dass der wahre Grund je publik wurde?"

„Nun, zumindest bei dem Ersten, der wegen Miss Fairfax Hand an sich legte, war das Gegenteil der Fall", erwiderte Burton. „Der recht bekannte Tenor Henry Eaton hat ein mehrseitiges Poem hinterlassen, in dem der junge Hitzkopf seine unsterbliche Liebe zu Madeleine Fairfax besingt und ausführlich darlegt, warum er ohne sie nicht leben kann."

„Richtig, ich erinnere mich", warf Galbraith ein. „Der Text war sogar in voller Länge in der Zeitung abgedruckt. Was für ein Kitsch. *De Profundis* hat Eaton dieses abgeschmackte Machwerk genannt."

„Mir hat es durchaus gefallen", entgegnete Hamilton. „Und wohl auch vielen anderen. Wenn es nicht ein wenig makaber wäre, könnte man sagen, durch dieses Gedicht ist beinahe so etwas wie eine Mode entstanden: Ein Gentleman, der auf sich hält, bringt sich wegen Miss Fairfax um."

Allgemeines Gelächter erfüllte den Morning Room.

„Was hat diese Frau nur an sich, dass sie so faszinierend auf jeden Mann wirkt?", sprach Edmond Galbraith, während er nachdenklich an seiner Zigarre sog. Erneut trat Stille ein.

„Ich fürchte, ich kann dies alles nicht sonderlich amüsant finden", brummte schließlich Sir Frederick Cavendish, der bislang der Unterhaltung schweigend gefolgt war. „Sie alle haben ihre Informationen nur aus den Gazetten oder anderweitig aus dritter Hand, daher mag es Ihnen so erscheinen, als wenn es sich hier um ein amüsantes Theaterstück von Shaw handelt, doch das ist es mitnichten, es ist die Realität. Männer von Ehre und Anstand haben sich selbst getötet, weil sie nicht mehr leben wollten. Das ist nicht zum Lachen, es ist eine Tragödie. Ich will Ihnen zugutehalten, dass Sie alle keinen dieser elf Männer persönlich kannten. Ich jedoch schon. Ich kannte einen von ihnen, ja mehr noch, ich war selbst dabei, als er sich umbrachte."

Im nächsten Moment redeten alle durcheinander:

„Wer war der Mann?"

„Was hat er getan?"

„Warum, um Himmels Willen, haben Sie ihn nicht davon abgehalten?"

Cavendish hob die Hand und Schweigen trat ein: „Der Mann, von dem ich spreche, war Alistair Grey, ein hoher Beamter im Foreign Office. Ich habe ihn erst am Tage seines Todes kennengelernt – auf einer Gartenparty, zu der ich eine Einladung erhalten hatte. Übrigens zu meiner nicht geringen Überraschung, denn die Gastgeberin war mir persönlich noch nicht vorgestellt worden. Sie haben natürlich bereits erraten, meine Herren, dass es sich hierbei um niemand anderen als Miss Madeleine Fairfax handelte. Ich muss gestehen, genau wie Sie habe ich die Berichterstattung über diese Dame in den Zeitungen verfolgt und ich war durchaus neugierig, sie einmal persönlich in Augenschein zu nehmen. Ich denke, das kann jeder verstehen."

Zustimmendes Gemurmel erhob sich.

„Ich muss sagen, es war eine recht hübsche Gartenparty. Hübsch, nicht aufwendig. Ein Streichquartett spielte Walzermelodien, es gab Tanz und Champagner, und die Gastgeberin höchstpersönlich servierte auf einem silbernen Tablett Pralinen. Bei den meisten anderen jungen Damen der feinen Gesellschaft hätte das unpassend gewirkt, doch Madeleine Fairfax steht auch das gut zu Gesicht und dies, obwohl es sich um sehr billige Pralinen gehandelt haben muss, sie schmeckten furchtbar. Aber das spielt bei ihr keine Rolle. Sie hat einfach dieses besondere *Je ne sais quoi*. Wie auch immer: Eine Reihe von illustren Gästen war erschienen und amüsierte sich ganz ausgezeichnet. Ja, ich hatte sogar Gelegenheit, für einige Minuten mit Alistair Grey zu plaudern, der mir bis dato nur vom Namen her bekannt war. Unter normalen Umständen hätte ich unsere kleine Unterhaltung wohl längst vergessen, aber aufgrund der späteren Ereignisse, aber auch aufgrund dessen, *was* er mir erzählte, ist sie mir in Erinnerung geblieben. Natürlich kamen wir auch über unsere Gastgeberin ins Gespräch und er erzählte mir, dass er sie noch nicht lange kennen würde. Vor einigen Tagen sei er bei ihr mit einigen anderen Gästen zum Abendessen eingeladen gewesen. Ein sehr angenehmer Abend, der jedoch dann von einem tragischen Zwischenfall überschattet wurde. Unter den Gästen befand sich nämlich auch einer der, wie soll ich sagen, *Schützlinge* von Miss Fairfax, einer der Bettler, um die sie sich kümmert, was ich persönlich für einen Fehler halte. Man sollte Bereiche, die nicht zusammengehören, nicht vermischen, das geht selten gut. Aber ich vermute, dass ihre Zeit in Indien, zumal mit einem Arzt als Vater, Miss Fairfax zu anderen Ansichten hat kommen lassen. Jedenfalls geschah Folgendes: Der arme Mann erlitt, zum Entsetzen der übrigen Anwesenden, einen schrecklichen Anfall. Ich war nicht dabei und Alistair Grey war kein Arzt, also kann man nur darüber spekulieren, was dieser Mann wohl für eine Krankheit hatte, hoffentlich nichts Ansteckendes, jedenfalls verfiel er in minutenlange Krämpfe, wand sich unter schrecklichsten Schmerzen, begann aus Mund, Nase und Augen zu bluten und verschied."

„Das klingt freilich entsetzlich, aber was hat das mit Alistair Grey zu tun?", fragte Cedric Burton sichtlich verwirrt.

Sir Frederick hob etwas hilflos die Hände: „Sie haben recht, im Grunde nichts, ich habe mich nur gefragt, ob es möglicherweise dieses schreckliche Ereignis war, dessen unfreiwilliger Zeuge Alistair Grey wurde, das ihn seelisch so aus der Bahn warf, dass ein weiterer Schlag, ein Schlag, den er ansonsten vielleicht ohne Weiteres hätte ertragen können, ihn hat zusammenbrechen lassen." Er nippte gedankenverloren an seinem Sherry. „Aber wer weiß das schon? Man kann in die Menschen nicht hineinblicken. Und Grey war ein Mensch, der das Herz nicht gerade auf der Zunge trug. Dass er sich für Miss Fairfax interessierte, ja dass er ihr bereits eine halbe Stunde später einen Heiratsantrag machen würde, hätte ich im Leben nicht geahnt."

„*Natürlich* nicht!", warf Galbraith ironisch ein. „Bei so miserablen Erfolgsaussichten würde ich mich auch hüten, vorher jemandem etwas zu verraten."

„Ja, so ist es wohl", murmelte Sir Frederick. „So ist es wohl. Was sich dann ereignete, werde ich mein Lebtag nicht vergessen: Ich hatte Grey nach unserem Gespräch zunächst aus den Augen verloren. Einige Minuten darauf sah ich ihn mit Madeleine Fairfax einen Walzer tanzen, alles schien in bester Ordnung zu sein. Dann, wiederum einige Minuten später – ich weiß nicht mehr recht zu sagen, warum ich darauf aufmerksam wurde, möglicherweise, weil bereits mehrere Partygäste in diese Richtung sahen – erblickte ich Alistair Grey und Miss Fairfax in etwa fünfzig bis sechzig Yards Entfernung weit abseits von allen anderen in einer Ecke des Gartens stehen, vertieft ins Gespräch. Ich bekam gerade noch mit, wie Miss Fairfax etwas zu Grey sagte, woraufhin dieser sie entsetzt anstarrte, sodann in seine Tasche griff, einen Revolver hervorzog, sich vor uns allen in den Kopf schoss und augenblicklich tot umfiel. Gleich darauf sank auch Miss Fairfax ohnmächtig zu Boden. Zum Glück waren auch zwei Ärzte unter den Gästen, die sich um sie kümmerten. Man weiß kaum, wen man mehr bedauern soll. Den armen Grey, der ihre Zurückweisung nicht ertrug, oder Miss Fairfax, von der es heißt, dass sie sich schuldig fühlt, die Ursache für den Tod all dieser Männer zu sein, und schrecklich daran leidet."

„Guter Gott!", schnaufte Galbraith.

„Was für ein Wahnsinn!", ergänzte Charles Hamilton. „Grey muss den Verstand verloren haben."

„In Bezug auf Miss Fairfax muss ich Ihnen recht geben, Hamilton", entgegnete Sir Frederick, „was das Übrige angeht, nun, da bin ich der Ansicht, dass Grey geradezu beängstigend vernünftig gehandelt hat."

„Vernünftig?", rief Galbraith. „Das müssen Sie bitte erklären!"

„Es war kein impulsiver Entschluss von Grey, sich zu erschießen. Er trug einen Revolver bei sich. Ich frage Sie: Wer um alles in der Welt bringt zu einer Gartenparty einen Revolver mit?"

„Nun, Grey arbeitete fürs Foreign Office. Somit war er gewiss Geheimnisträger und da nimmt es meiner Meinung nach keineswegs Wunder, dass er …"

„Einen Revolver", unterbrach ihn Sir Frederick, „welcher mit nur einer einzigen Patrone geladen war. Das hat man später festgestellt. Eine Patrone? Ist das sinnvoll, wenn man sich verteidigen will? Nein, aber es ist äußerst sinnvoll, wenn man plant, sich zu erschießen, und sichergehen will, dass anschließend keine unbeteiligte Person durch den Revolver zu Schaden kommt. Grey war ein Gentleman von absoluter Kaltblütigkeit, das muss ich schon sagen. Grey wusste, dass eine hohe Wahrscheinlichkeit bestand, dass Miss Fairfax seinen Heiratsantrag ablehnen würde, dennoch konnte er nicht anders. Diese Miss Fairfax übt in der Tat einen unerklärlichen Zauber auf die Männerwelt aus. Was ist es nur, das sie so unwiderstehlich macht?"

Die übrigen Mitglieder des Athenaeum-Clubs schwiegen. Jeder für sich versunken in Gedanken, die alle Miss Madeleine Fairfax zum Inhalt hatten.

„Werbung!", sagte Father Brown in die Stille hinein. Vier irritierte Köpfe wandten sich dem Priester zu.

„Wenn man beispielsweise beim Einkaufen die Wahl zwischen zwei Sorten Keksen hat, die man nicht kennt, für welche Sorte entscheidet man sich? Die, auf der steht ‚Hoflieferant seiner Majestät'. Diese Kekse *müssen* die besten sein, denn für seine Majestät ist nur das Beste gut genug. Ich bin überzeugt, dass viele Menschen sich sogar *dann* für diese Kekse entscheiden, wenn sie die andere Sorte eigentlich etwas lieber mögen. Aber das Bewusstsein, die gleichen Kekse wie der König zu essen, verleiht ihnen ein Gefühl der Nähe zum Königshaus, ein Dazugehörigkeitsbewusstsein, das ein viel höherer Genuss ist als ein etwas besserer Keksgenuss. Ja, möglicherweise schmecken diese Kekse überhaupt *nur* dem König, da er vielleicht einen ganz speziellen, einzigartigen Keksgeschmack hat. Ich bitte, mich nicht misszuverstehen, Gentlemen. Der Keksgeschmack unseres Souveräns ist natürlich über jeden Zweifel erhaben, dies soll lediglich als ein theoretisches Beispiel dienen." Father Brown sah zufrieden in die Runde, als sei damit alles gesagt.

„Der Keksgeschmack unseres Souveräns?" Cedric Burton sah verwirrt auf den Priester. „Wovon, um alles in der Welt, reden Sie da, Hochwürden?"

„Verzeihung, ist das denn nicht offensichtlich?", fragte Father Brown etwas erschrocken. „Miss Fairfax ist ein Keks, von dem niemand einen echten Vorzug nennen kann. Sie ist weder schön noch geistreich noch voller Esprit noch reich noch von Adel. Dennoch ist sie von der Männerwelt umschwärmt. Warum? Wie ich schon sagte: Werbung. Wenn der König *diese* Kekse isst, müssen es die besten Kekse sein. Wenn sich für diese Frau mehr Männer umbringen als für jede andere, muss sie die beste aller Frauen sein. Zumal es ja nicht irgendwelche dahergelaufenen Allerweltsmänner sind, sondern welche der allerersten Gesellschaft, Männer, die unter den attraktivsten Frauen die Wahl haben.

Dennoch wollen sie alle nur Madeleine Fairfax. Die oder keine. Wenn sie Miss Fairfax nicht haben können, ist das Leben dieser illustren Männer wertlos. Allein *das* ist es, was Miss Fairfax allen Männern so begehrenswert erscheinen lässt."

„Sie mögen teilweise recht haben, Hochwürden", gab Galbraith zu. „Diese Selbstmorde sorgen dafür, dass Miss Fairfax geheimnisvoll wirkt, aber den Begriff *Werbung* muss ich hier doch als äußerst ungehörig zurückweisen. Eine Firma macht für ihre Produkte Werbung, damit sie sich besser verkaufen. Die arme Miss Fairfax ist – abgesehen von den Männern selbst natürlich – das eigentliche Opfer dieser Selbstmorde. Sie ist jedes Mal am Boden zerstört. Und sie ist nicht verantwortlich für diese Selbstmorde, höchstens indirekt, weil sie so begehrenswert ist, aber das kann man ihr nun wirklich nicht zum Vorwurf machen."

„Und dass Madeleine Fairfax keinerlei Vorzüge hat, stimmt ebenfalls nicht", wandte Charles Hamilton ein. „Sie vergessen ihr gutes Herz und die Tatsache dass sie vollkommen uneigennützig Bettler in ihrem Haus bewirtet."

Erneut erhob sich zustimmendes Gemurmel.

„Vielleicht haben Sie alle recht", sagte Father Brown nachdenklich. Und nach einer Weile fügte er hinzu: „Möglicherweise aber auch nicht. Es könnte sich auch alles ganz anders verhalten. Aber vielleicht möchten Sie davon lieber nichts hören."

„Wir möchten es hören", sagte Sir Frederick entschlossen, ohne die anderen zu fragen.

„Nun gut", entgegnete Father Brown. „Wie Sie wünschen. Ich möchte vorausschicken, dass ich für das nun Folgende keine Beweise habe, aber man könnte all die kleinen Mosaiksteine, die Sie, meine Herren, mir über Miss Fairfax geliefert haben, durchaus auch zu einem gänzlich anderen Bild zusammensetzen." Das runde Gesicht des Priesters glühte vor Aufregung. „Also, wir haben hier eine eher unterdurchschnittlich attraktive Dame. Nun verliebt sich dennoch ein junger Künstler in sie, der Tenor Henry Eaton. Sie weist ihn ab. Bislang ist daran nichts außergewöhnlich. Nun ist dieser

Mann jedoch nicht nur sehr jung, sondern ein Künstler, was mitunter eine tödliche Kombination sein kann, wenn es um zurückgewiesene Liebe geht. In seinem von ihm als tragisch empfundenen Leid bringt er sich um und hinterlässt ein Gedicht, das in der Presse abgedruckt wird. Ich will nun nicht behaupten, dass Miss Fairfax glücklich über diesen Selbstmord war, zunächst vielleicht nicht, vielleicht empfindet sie sogar Mitleid und hegt auch Schuldgefühle. Doch dann bemerkt sie, dass die Leute, besonders die Männer, sie auf einmal mit anderen Augen ansehen. Mit einer gewissen Neugier. Man beginnt zu spekulieren, was sie für den jungen Eaton so wichtig werden ließ wie die Luft zum Atmen. Das neue Interesse an ihrer Person schmeichelt ihr. Vielleicht empfindet sie sogar eine Art Stolz, denn gibt es ein größeres Kompliment, als dass sich jemand für einen umbringt? Kurz und gut, Miss Fairfax entdeckt eine ihr bis dahin unbekannte Welt. Eine Welt, in der sie tausend Mal mehr gilt als zuvor, und sie genießt es. Vermutlich hält dieser Zustand eine Weile an. Doch wir alle wissen, wie der Lauf der Welt ist: In die Zeitung, die heute eine Sensation vermeldet, wird morgen schon der Fisch eingewickelt. Auch die spektakulärste Nachricht verliert irgendwann an Reiz. Kann man es Miss Fairfax verdenken, dass sie nach einigen Monaten das Verblassen des Interesses an ihr schmerzlich empfindet, ja dass ihr vielleicht der Gedanke kommt, dass es wünschenswert sei, wenn sich ein solches Ereignis wiederholte?"

„Das ist ungeheuerlich, was Sie da sagen, Hochwürden!", ereiferte sich Cedric Burton. „Über so etwas scherzt man nicht!"

„Sie haben vollkommen recht und ich scherze keineswegs", erwiderte Father Brown gelassen. „Lassen Sie mich meinen

Gedanken fortführen und urteilen Sie selbst, ob Sie ihn für abwegig oder wahrscheinlich halten wollen."

Sir Frederick räusperte sich mit sichtbarem Missfallen, sagte aber nichts.

„Es ist eine Spekulation, ob Miss Fairfax das wünschenswert fand", meldete sich Edmond Galbraith zu Wort. „Selbst wenn – was ich nicht glaube –, manche hoffen manches, wovon man aber nie erfährt. Solange man nichts Entsprechendes unternimmt, ist dagegen auch nichts einzuwenden."

„Ganz recht: Solange man nichts Entsprechendes unternimmt", bestätigte Father Brown. „Aber was, wenn doch?"

„Wie sollte Miss Fairfax selbst etwas unternehmen?", warf Hamilton etwas gereizt in die Debatte ein. „Gewiss, sie hat Heiratsanträge abgelehnt, doch es ist nicht ihre Schuld, dass sie gerade auf *die* Männer so anziehend wirkt, die zu schwach sind, eine Zurückweisung mit Anstand und Würde hinzunehmen."

„Wie sollte Miss Fairfax selbst etwas unternehmen? Eine gute Frage. Ich vermag natürlich nicht zu sagen, wie sie es bei den *anderen* Männern gemacht hat, aber im Falle des armen Alistair Grey liegt es für mich klar auf der Hand." Father Brown hielt einen Moment inne, aber da niemand Einspruch erhob, fuhr er fort: „Zunächst einmal, woher wissen wir, dass Grey Miss Fairfax überhaupt einen Heiratsantrag machte? Er hat ja zuvor zu niemandem davon gesprochen."

„Nun, ich selbst und zahlreiche andere Partygäste haben es mit eigenen Augen gesehen", stellte Sir Frederick fest.

„Nein, was Sie gesehen haben, war ein Gespräch zwischen den beiden. Worum es dabei ging, wissen wir nicht."

„Immerhin hat sich Grey am Ende dieses Gesprächs erschossen. Die beiden werden also kaum über das Wetter geplaudert haben."

„Das wohl nicht, aber vielleicht über Pralinen."

„Sie meinen Kekse, Hochwürden", warf Hamilton amüsiert ein. „Die Kekse seiner Majestät."

„Nein, ich meine Pralinen", beharrte der Geistliche. „Die Pralinen, die Miss Fairfax höchstselbst auf der Gartenparty servierte und von denen Sie, Sir Frederick, sagten, dass sie furchtbar schmeckten. Ein Detail, das mir zu denken gab. Was, wenn Madeleine Fairfax all das genau geplant hat? Dazu muss ich etwas ausholen: Also, sie kümmert sich rührend um arme Bettler und bewirtet sie. Ihr Vater war Arzt in Indien und sie hat ihm assistiert. Es ist daher durchaus nicht abwegig, anzunehmen, dass sie dabei auch Wissen über exotische Gifte erlangt hat. An dem Abend, an dem auch Alistair Grey und weitere Herren bei ihr zu Gast sind, vergiftet sie den Bettler. Sein Tod ist so qualvoll und so schrecklich anzusehen, dass es Grey, und zweifellos auch die anderen Anwesenden, zutiefst schockiert. Ja, wahrscheinlich ist es das Grauenvollste, was sie je haben miterleben müssen. Auf der Gartenparty nimmt Miss Fairfax Alistair Gray beiseite und geht mit ihm in eine ruhige Ecke des Gartens, von wo aus die anderen Gäste die beiden gut sehen, jedoch nicht hören können. Sie eröffnet ihm, dass die Praline, die sie ihm serviert hat, vergiftet war, und dass ihm nur noch wenige Augenblicke bleiben, bis er die gleichen Höllenqualen erleiden wird wie der Bettler. Nun wird Grey der seltsame Geschmack der Praline bewusst. Er gerät in Panik und erschießt sich in letzter Sekunde, bevor er durch das Gift handlungsunfähig wird und sich in Todesqualen windet."

„Eine hübsche Geschichte", spottete Cedric Burton. „Aber wenn Grey nicht zufällig einen Revolver in der Tasche gehabt hätte, wäre gar nichts passiert."

Father Brown wurde etwas rot im Gesicht. „Verzeihung, das hab ich vergessen zu erwähnen. Während Miss Fairfax mit ihm tanzte, steckte sie Grey den Revolver heimlich in die Tasche. Erinnern Sie sich daran, dass er nur *eine* Patrone enthielt? Nicht etwa weil Grey so rücksichtsvoll war, wie Sie zuvor annahmen, keineswegs. Nein, gut überlegt von Miss Fairfax. Denn hätte er zwei oder mehr Patronen enthalten, hätte sie damit rechnen müssen, dass Greys letzte Handlung vor seinem Selbstmord noch Rache an ihr gewesen wäre. Sie wollte nicht riskieren, dass er auch auf sie schießt. Also informiert sie ihn zuerst über die Praline, dann über den Revolver in seiner Tasche und schließlich über den Umstand, dass dieser nur eine Patrone enthält. Es bleibt ihm nichts anderes übrig, als genau so zu reagieren, wie sie es geplant hat. Und schon hat sich ein weiterer Mann wegen Miss Fairfax umgebracht. Nicht weil sie so unwiderstehlich ist, sondern weil sie raffiniert und skrupellos ist."

„Mein Gott!", stotterte Sir Frederick bleich im Gesicht. „Ich selbst habe auch eine dieser Pralinen gegessen. Was, wenn ich zufällig die vergiftete erwischt hätte? Ich darf es mir gar nicht ausmalen!" Er zog sein Schnupftuch aus dem Ärmel und tupfte sich die schweißnasse Stirn ab.

„Sie können unbesorgt sein, Sir Frederick", beruhigte ihn der Geistliche. „Keine einzige Praline war vergiftet. Allerdings schmeckten sie *alle* furchtbar. So furchtbar, dass sich Grey sofort daran erinnern würde, wenn Miss Fairfax behauptete, die seine sei vergiftet gewesen. Aber es wäre nicht sinnvoll gewesen, Greys Praline tatsächlich mit Gift zu füllen. Schließlich lässt sich das Einsetzen der Wirkung zeitlich nicht absolut exakt voraussagen. Was, wenn das Gift zu früh gewirkt hätte? Dann wäre Miss Fairfax' Plan gescheitert. Nein, das Gift war ein Bluff, allerdings ein schrecklich glaubwürdiger, da sie den Bettler zuvor ja tatsächlich vergiftet hatte. Ich könnte mir vorstellen, dass der zur Schau gestellte Tod des Bettlers nicht nur für Mr Grey gedacht war, es waren weitere Herren anwesend, die Miss Fairfax möglicherweise bereits als zukünftige abgewiesene Heiratswillige auserkoren hat. Auch kann ich mir nicht ausmalen, und möchte es auch gar nicht, wie sie zuvor all die anderen Männer, die ihr angeblich einen Antrag gemacht haben, dazu gebracht hat, sich umzubringen."

Mit bleichen Gesichtern starrten die Herren auf den Priester. Womöglich ging dem einen oder anderen dabei durch den Kopf, dass dieses Schicksal auch ihn selbst hätte ereilen können.

„Um auf die Todsünden zurückzukommen", sagte Father Brown, während er nachdenklich sein Sherryglas in der Hand drehte, „ich muss gestehen, ich hegte immer ein wenig Zweifel, ob Eitelkeit wirklich als eine richtige Todsünde zu betrachten ist, allerdings wenn sie so weit geht wie bei Madeleine Fairfax, dann ist es ganz gewiss eine."

* * *

Die Eiche der Versöhnung

Die hohe Eiche in dem riesigen Garten bot einen bizarren Anblick. Es hieß, dass vor langer Zeit ein Riese des Weges gekommen sei und just dort entlanggehen wollte, wo sich die Eiche befand. Da es der Riese unter seiner Würde fand, von seinem Wege abzuweichen, forderte er den Baum dreimal auf, zur Seite zu gehen. Doch als die Eiche sich auch beim dritten Male immer noch weigerte, packte den Riesen der Zorn und mit seiner gewaltigen Axt hieb er den Baum von oben bis unten in zwei Hälften und schritt dann durch den Spalt hindurch.

Das war natürlich Unsinn. In Wirklichkeit war ein Blitz in den Baum eingeschlagen, doch die Kinder liebten diese Sage und so erzählte man sie immer weiter.

Es war ein nebliger Septembertag. In weiter Ferne sah man zwei Gestalten, die sich in gemächlichem Tempo auf die Eiche zubewegten und die in ein Gespräch vertieft zu sein schienen: Einen großen schlanken Mann und einen kleinen runden in einer Soutane.

„Als ich noch auf der anderen Seite des Gesetzes stand", sagte Flambeau in wehmütigem Ton, „war ich frei zu tun, was mir beliebte, und konnte die Umstände so gestalten, dass es zu meinem Vorteile war. Als Privatdetektiv jedoch liegt es nicht in meiner Macht zu bestimmen, welche Fälle man an mich heranträgt und wie die Umstände dieser Fälle beschaffen sind." Flambeau seufzte und blickte zu seinem Freund Father Brown. „Kurz und gut, ich bin am Ende meines Lateins und meine letzte Hoffnung ist, dass vielleicht Sie Licht ins Dunkel dieses Falles bringen können, in dem ich einfach nicht vorankomme."

Father Browns rundes Gesicht glühte freudig. „Berichten Sie mir alles bis ins kleinste Detail und ich werde versuchen, so gut zu helfen, wie es mir meine schwachen Geisteskräfte gestatten."

„Nur zu gerne", erwiderte Flambeau offensichtlich erleichtert. „Die ganze Geschichte begann vor über einem Vierteljahrhundert. Es geht um den Besitzer des Anwesens, das dort hinten beginnt, Cedric Stokes, und um den Eigentümer des Nachbaranwesens, Douglas Wilmington. Seit über fünfundzwanzig Jahren lagen die beiden im Streit und dies, obwohl inzwischen keiner mehr sagen konnte, was überhaupt der Anlass der Misshelligkeiten war. Manche vermuten, dass es um einen kleinen Bach ging, der die Grenze zwischen beiden Grundstücken bildet und auf den beide Besitzansprüche erheben, aber das ist nicht gewiss und es spielt im Grunde auch keine Rolle. Nun sollte man annehmen, dass innerhalb von fünfundzwanzig Jahren genug Zeit sein sollte, um einmal nachzudenken und diesen sinnlosen Zwist beizulegen. Schließlich handelte es sich bei den beiden um hochgebildete Männer. Man muss auch bedenken, dass sie mittlerweile im stark vorgerückten Alter und von allerlei Gebrechen geplagt waren. Doch das Gegenteil schien der Fall zu sein: Im Laufe der Jahre war die Fehde zwischen diesen beiden Männern immer unversöhnlicher geworden, ja sie artete auf beiden Seiten in regelrechten Todeshass aus, der nun am vergangenen Sonntag in einer Tragödie endete, nämlich der brutalen Ermordung von Cedric Stokes."

„Was genau ist vorgefallen?", erkundigte sich Father Brown.

Flambeau sah nachdenklich zu der mächtigen Eiche hinüber, die nun nur noch dreißig Yards von ihnen entfernt war.

„Darüber gibt es zwei unterschiedliche Ansichten oder besser gesagt: zwei unterschiedliche Behauptungen, von denen aber natürlich nur eine wahr sein kann. Laut Aussage der Witwe von Cedric Stokes, die übrigens meine Auftraggeberin ist, war ihr Mann schwer krank, was ihn offenbar auf seine alten Tage philosophisch werden ließ. Er sprach zuweilen davon, sich mit Douglas Wilmington auszusöhnen. Einen Tag vor dem verhängnisvollen Sonntag nun ist er zu Wilmington hinübergegangen, um mit ihm zu sprechen. Dabei ist es erneut zu einem heftigen Streit gekommen, denn Wilmington scheint ein geradezu fanatischer Eigenbrötler zu sein. Er lebt völlig allein und ist auf Besucher jeder Art nicht gut zu sprechen. Und auf Stokes natürlich erst recht nicht. Zu guter Letzt einigten sich die beiden jedoch, ein weiteres Gespräch zu führen, das die Zwistigkeiten endgültig klären sollte. Dieses sollte am darauffolgenden Tag stattfinden, und zwar an dem Baum, den wir hier vor uns sehen. Er steht bereits auf Gemeindeland, also weder auf dem Besitz von Stokes noch auf dem von Wilmington, deren Grundstücke gleich dahinter beginnen, was der *eine* Grund dafür sein wird, warum man sich ausgerechnet hier treffen wollte."

„Und der andere Grund?"

„Dieser Baum ist bekannt als die Eiche der Versöhnung. Es heißt, dass Oliver Cromwell hier irgendeine Verhandlung geführt hat, die eine Schlacht verhinderte, möglicherweise ist das nur eine Legende, vielleicht liegt es auch an der Gespaltenheit des Baums. Es sind zwei Hälften, die ganz unten aber in einem Stück enden. Zwei und doch eins, darin mag mancher eine Metapher für Versöhnung sehen. Und vielleicht tat Stokes das auch." Flambeau betrachtete die Eiche, die wie ein riesiges „V" vor ihnen stand. „Nun denn: Das Friedengespräch sollte um die Mittagsstunde stattfinden. Stokes machte sich laut seiner Frau etwa zehn Minuten vor zwölf auf den Weg zur Eiche. Als er nach zwei Stunden immer noch nicht zurückgekehrt war, begann sie sich Sorgen zu machen und schickte einen Diener los, der nachsehen sollte, ob alles in Ordnung sei. Er fand Cedric Stokes neben dem Baum liegend. Brutal von hinten erschlagen."

„Verstehe. Weiß man, womit?"

„Durchaus. Mit einem Stein, etwa so groß wie eine Kokosnuss. Er lag blutverschmiert neben dem Leichnam. Der Schlag wurde mit unbändiger Wut ausgeführt, denn der Hinterkopf war vollkommen zerschmettert. Es muss ein furchtbarer Anblick gewesen sein. Offenbar hatte vorher ein erbitterter Kampf stattgefunden, bei dem sich die Kontrahenten am Boden gewälzt haben, denn Stokes' Kleidung war stark verschmutzt. Natürlich wurde unverzüglich die Polizei verständigt, die daraufhin Douglas Wilmington verhörte. Und hier, lieber Freund, beginnt der Teil des Falles, der mich in den Wahnsinn treibt."

Father Brown rieb sich die Hände, seine kleinen Äuglein glänzten erwartungsfroh. „Lassen Sie hören."

Flambeau seufzte: „Man möchte es kaum glauben, aber Wilmington leugnet glattweg, etwas damit zu tun zu haben. Seine Geschichte ist höchst simpel: Er wisse nichts von einem Treffen, er sei die ganze Zeit allein zu Hause gewesen, und falls Cedric Stokes tot sei, dann wäre das überaus erfreulich, aber leider nicht sein Verdienst. Die Dreistigkeit seines Leugnens macht mich fassungslos."

„Das ist in der Tat seltsam", entgegnete Father Brown nachdenklich, „denn alles spricht ja gegen ihn. Andererseits hat es an britischen Gerichten auch schon schreckliche Fehlurteile gegeben. Es wurden schon Männer gehenkt, gegen die ebenfalls alles gesprochen hatte, und später stellte sich heraus, dass in Wirklichkeit etwas passiert war, was zwar sehr unwahrscheinlich war, aber dennoch so geschehen ist."

„Gewiss, lieber Freund, solche Fälle gibt es", entgegnete Flambeau geduldig, „doch hier liegt die Sache anders: Wilmington lügt eindeutig. Er behauptet, nichts von dem Treffen gewusst und sein Haus zur fraglichen Stunde nicht verlassen zu haben. Allerdings war Stokes' Gärtner, Albert, genau zu dieser Zeit dabei, die Oberkante einer Hecke zu beschneiden, wobei er auf seiner Leiter genau in Richtung von Wilmingtons Grundstück blickte. Er schwört, dass er sah, wie einige Minuten vor zwölf Wilmington aus Richtung seines Hauses kam und auf dem Weg entlangging, der zur Eiche der Versöhnung führt. Dabei trug er einen offensichtlich schweren Gegenstand unter dem Arm, den der Gärtner aber nicht genau erkennen konnte. Vermutlich den Stein, mit dem der Mord begangen wurde. Die Polizei hat überprüft, ob man dies wirklich von dort sehen kann. Und ich auch. Man kann. Es gibt keinen Grund, an der Aussage des Mannes zu zweifeln."

„Wie weit war Wilmington denn von dem Gärtner entfernt?"

„Etwa einhundertzwanzig Yards", antwortete Flambeau. „Ich ahne bereits, worauf Ihre Frage abzielt: Könnte es sich um jemand anderen als Wilmington gehandelt haben?"

„Dieser Gedanke ist mir allerdings gekommen", gab der Priester zu.

„Eine berechtigte Frage. Und die Antwort darauf lautet: Wilmington ist eine sehr auffällige Erscheinung, er trägt nämlich einen gewaltigen roten Vollbart. Eine Verwechslung ist ausgeschlossen. Oder wie viele Männer mit so einem Bart kennen Sie, mein Freund?"

„Keinen."

„Eben. Das Problem ist folgendes: Auch wenn Wilmington der Einzige ist, der ein Motiv hatte, Stokes zu ermorden, auch wenn er nachweislich zur passenden Zeit in die passende Richtung ging, auch wenn er nachweislich lügt, beweist all dies dennoch nicht, dass er auch den Mord begangen hat, denn rein theoretisch hätte es natürlich auch irgendein geheimnisvoller Unbekannter tun können. Doch das ergibt keinen Sinn. Ich habe mich mit Wilmington unterhalten, der Mann ist so voller Hass, dass es jegliche Vorstellungskraft übersteigt, und dennoch ist er immer noch auf freiem Fuß. Das treibt mich schier in den Wahnsinn. Soll der Mann denn ungestraft mit einem Mord davonkommen?"

Father Brown wiegte bedächtig den Kopf hin und her. „Sie sagten, es habe ein Kampf stattgefunden; wies Wilmington irgendwelche sichtbaren Verletzungen auf?"

„Keine."

„Hat ihn der Gärtner auch zurückkommen sehen?"

„Nein, aber das hat nichts zu sagen. Wilmington kann einen Umweg genommen haben, um zu seinem Haus zurückzukehren."

„Gibt es ungeklärte Nebensächlichkeiten?"

Flambeau stutzte. „Ungeklärte Nebensächlichkeiten? Was meinen Sie damit, mein Freund?"

Father Brown ließ seinen Blick über den großen gespaltenen Baum wandern. „Damit meine ich alles, was im Grunde nicht zu dem Fall zu gehören scheint, aber andererseits eben auch nicht geklärt ist."

Flambeau dachte nach. „Nun, jetzt wo Sie es erwähnen, neben der Leiche von Stokes hat eine Rolle Paketschnur gelegen, aber ich kann mir wirklich nicht vorstellen, dass dies etwas zu bedeuten hat."

„Mag sein." Father Brown wies mit seinem Regenschirm auf eine schwarze Stelle, die sich einige Yards von der Eiche auf dem Waldboden befand. „Aber was ist *das* hier? Hier hat offensichtlich etwas gebrannt. Vielleicht hat es mit diesem Fall nichts zu tun, dennoch möchte ich drei Dinge wissen: Wer hat dieses Feuer gemacht, womit hat er es gemacht und vor allem wozu?"

Flambeau bückte sich und stocherte mit einem kleinen Ast in der Asche herum. Als er sich erhob, hielt er eine etwa zwei Inch lange Metallkette in der Hand. „Was hat das zu bedeuten?"

Father Brown beugte sich vor und besah sich die Kette genau. Dann richtete er sich wieder auf. „Sie haben recht, Flambeau, dieser Hass übersteigt wirklich jede Vorstellungskraft."

„Ich verstehe nicht. Wollen Sie etwa behaupten, dass Ihnen diese Kette etwas sagt?"

Father Brown lächelte bescheiden. „Nicht *etwas*. Alles."

Flambeaus Augen weiteten sich ungläubig.

„Bisher sieht es doch so aus", begann der Priester. „Wir haben zwei Männer, die sich hassen. Das ist unstrittig. Nun verhält sich der eine Mann, ich spreche von Douglas Wilmington, sehr unklug. Er geht zu einem Treffen, von dem verschiedene Leute wissen. Er erschlägt seinen Erzfeind und behauptet dann, nichts von einem Treffen zu wissen und auch nicht dort gewesen zu sein. Er verhält sich wie ein kleines Kind, das sich die Augen zuhält und denkt, nun könnte es von niemandem mehr gesehen werden. Wenn *ich* an seiner Stelle wäre, hätte ich behauptet, ich war bei dem Treffen, wir haben uns unterhalten, ja vielleicht sogar versöhnt, und als ich Stokes verließ, erfreute er sich bester Gesundheit. Jemand anders muss ihn erschlagen haben. *Das* wäre eine viel bessere Geschichte und das Gegenteil wäre äußerst schwierig zu beweisen. Stattdessen jedoch diese dumme Lüge, die ihn nur noch verdächtiger macht als ohnehin schon. Warum?"

„Viele Verbrecher erzählen dumme Lügen", entgegnete Flambeau.

„Gewiss. Dumme Verbrecher tun das. Aber sagten Sie nicht, dass beide Männer hochgebildet waren? Dann die Sache mit dem Stein. Wenn ich vorhätte, jemanden zu ermorden, würde ich eine andere Waffe wählen. Eine, bei der mein Opfer nicht schon von Weitem gewarnt ist, weil ich sie unübersehbar bei mir trage. Außerdem würde ich eine Waffe wählen, die leicht und sicher zu handhaben wäre und die mir Überlegenheit gegenüber meinem Opfer verschafft. Einen Dolch oder noch besser einen Revolver. Ein großer Stein, zu schwer zum Werfen, kann nur in einer Weise als Waffe dienen: wenn der andere nichts ahnt und mir den Rücken zudreht. Wie wahrscheinlich ist es, dass Stokes das tat, nachdem er Wilmington mit dem Stein kommen sah? Nein, hier passt nichts zusammen. Nun haben wir andererseits die verschmutzte Kleidung von Stokes, die Paketschnur und diese kleine Kette. Ich sage, hier ist etwas verbrannt worden, was niemand finden sollte. Die Person hat dabei an alles gedacht, nur eben an diese Kette nicht. Obwohl das durchaus verständlich ist, denn man sieht sie so selten."

Flambeau kratzte sich ratlos am Kopf. „Sie sprechen in Rätseln, lieber Freund."

„Wirklich? Drücke ich mich denn so unklar aus? Es liegt doch auf der Hand. Diese Kette ist ein Aufhänger, wie er sich oben auf der inneren Rückseite eines Mantels oder Gehrockes befindet. Hier ist ein Gehrock verbrannt worden. Derjenige, der das tat, hat sogar daran gedacht, vorher die Knöpfe zu entfernen, die ebenfalls nicht verbrannt wären, nur die kleine Kette hat er übersehen. Und noch etwas ist hier verbrannt worden."

„Um Himmels Willen, was?"

„Dazu komme ich gleich. Dass Wilmington hier war, dafür gibt es nur die Aussage des Gärtners. Ist es nicht praktisch, dass er genau zu dem Zeitpunkt, als Wilmington hierher unterwegs war, genau *diese* Hecke schnitt, was ihn zum Zeugen dieses Vorganges werden ließ?"

Flambeaus Züge glätteten sich: „Natürlich, nun ist alles klar. Der Gärtner lügt. *Er* hat es getan. Ich hatte von Anfang an so eine Ahnung."

„Nein, der Gärtner ist *nicht* der Mörder. Das ist ohnehin nur so ein Klischee. Wenn es nach gewissen Kriminalromanschriftstellern geht, ist jeder zweite Gärtner ein Mörder. In Wirklichkeit jedoch scheint es mir ein Berufsstand mit einer auffällig niedrigen Zahl an Mördern zu sein. Ich selbst habe noch nie von einem mordenden Gärtner gehört. Nein, dieser Gärtner ist unschuldig, und er lügt auch nicht, er sagt nur nicht die Wahrheit."

„Er lügt nicht, sagt aber nicht die Wahrheit. Wollen Sie mich auf den Arm nehmen?"

„Das würde ich mir nie erlauben. Ich bin ziemlich sicher, dass Stokes den Gärtner angewiesen hat, zu genau dieser Stunde genau diese Hecke zu schneiden. Er *wollte*, dass der Gärtner Wilmington sieht. Oder genauer gesagt, Stokes wollte, dass der Gärtner dies denkt. Doch es war Stokes selbst, der dort entlanglief. Angetan mit einem Gehrock, der sich von seinem eigenen, den er darunter trug, stark unterschied, und verkleidet mit einem falschen roten Vollbart. Aus großer Entfernung sah er wie Wilmington aus und er kam aus der Richtung von Wilmingtons Haus. Warum hätte der Gärtner also annehmen sollen, dass es sich *nicht* um Wilmington handelte? Als Stokes an der Eiche ankam, entledigte er sich des Bartes und des Gehrockes, von dem er bereits zuvor alle Knöpfe abgetrennt hatte, und verbrannte beides. Nur übersah er dabei diese kleine Kette."

„Mein lieber Freund, Ihre berühmte Fantasie in allen Ehren, das alles wäre zwar rein theoretisch denkbar, aber es ergibt keinen Sinn. Wenn Wilmington gar nicht hier war, wer hat dann Stokes ermordet?"

„Stokes selbst."

Flambeau lachte auf. „Stokes ist von hinten mit einem schweren Stein erschlagen worden. Haben Sie das vergessen? Man könnte sich zwar mit einem Stein selbst auf den Kopf schlagen, wobei ich allerdings nicht wüsste, warum man das tun sollte, aber der Hinterkopf von Stokes war geradezu zertrümmert. Niemand wäre in der Lage, sich so etwas selbst zuzufügen. Selbst wenn man wollte, es ist einfach rein technisch nicht ausführbar."

„So ist es, Flambeau. Jeder weiß das. Und genau das ist der Grund, warum diese sehr unpraktische Waffe gewählt wurde.

Es sollte jeden Gedanken, dass Stokes sich möglicherweise selbst getötet hat, von vornherein absurd erscheinen lassen."

„Weil es absurd *ist*."

„Sie vergessen, dass Stokes' Kleidung verschmutzt war, angeblich durch den Kampf mit Wilmington. Doch da Wilmington gar nicht hier war, hat auch kein Kampf stattgefunden. Die Kleidung von Stokes wurde verschmutzt, als er auf die Eiche der Versöhnung kletterte. Auf den ersten Blick ist es unmöglich, weil der erste dicke Ast dort weit oben ist, aber er hat es anders gemacht. Er hat sich in den Spalt des Baumes begeben, mit den Füßen gegen die eine Seite gestemmt und mit dem Rücken gegen die andere. So hat er sich Stück für Stück nach oben gearbeitet. Keine geringe Leistung für einen Mann in seiner Verfassung, das muss ich schon sagen. Schließlich war er so hoch, dass er auf den dicken Ast dort oben klettern konnte, der nach meiner Schätzung etwa elf bis zwölf Yards über dem Boden ist. Dann geschah Folgendes: Mit der Paketschnur, deren eines Ende er um den Stein gewickelt und dessen anderes Ende er vermutlich um seinen Bauch gebunden hatte, zog er den Stein zu sich nach oben. Dann entfernte er die Schnur, wickelt sie wieder auf und warf sie von oben in das Feuer – oder versuchte es zumindest. Doch er warf daneben, wodurch uns die Schnur erhalten blieb. Wahrscheinlich dachte er, dass es die Polizei nicht auf seine Spur bringen würde. Nun kam das Entscheidende. Stokes hielt sich den Stein an den Kopf und stürzte sich kopfüber in die Tiefe. Als er auf dem Boden aufschlug, zerschmetterte der Stein seinen Schädel."

Father Brown schwieg einen Moment, dann fügte er hinzu: „Stokes wollte, dass sein Erzfeind Wilmington als sein Mörder gehenkt wird."

„Warum hat er ihn nicht ermordet?", fragte Flambeau.
„Dann würde er selbst noch leben, und wenn er dies so geschickt ausgeführt hätte, wie das hier, wäre er vielleicht sogar damit durchgekommen."

„Es genügte ihm wohl nicht, Wilmington zu töten, auch sein Ruf sollte zerstört werden, man sollte ihn auch als feigen Mörder in Erinnerung behalten. Wie Sie schon sagten, Stokes war krank, wahrscheinlich wusste er, dass er nicht mehr lange zu leben hat, aber eines wollte er unbedingt noch schaffen: Wilmington vernichten, selbst wenn er dafür den Rest seiner verbleibenden Lebenszeit opfern musste. Sein Hass war ihm wichtiger als sein Leben." Father Brown bekreuzigte sich. Es gab nichts weiter zu sagen. In einer seltsamen Stimmung machten sich die beiden Männer auf den Rückweg.

Flambeau war tief in Gedanken versunken. Stück für Stück rekapitulierte er, was Father Brown gesagt hatte. Das alles klang wie ein böser Traum, doch eine Stimme tief in seinem Inneren sagte ihm, dass es sich genauso zugetragen hatte. Er blieb stehen, um einen letzten Blick zurückzuwerfen, aber die Eiche der Versöhnung war im Nebel verschwunden.

∗ ∗ ∗

Zwischenfall in Algier

Neunter Tag der Seereise:

„Was mag er wohl für ein Geheimnis haben?" Lady Alice nahm ihr Lorgnon vom Esstisch, hob es an die Augen und starrte unverwandt auf den Mann, der etwa zwanzig Yards entfernt mit dem Rücken zu den anderen an seinem Tisch speiste. Father Brown beobachtete es nicht ohne Amüsement, doch er konnte Lady Alices Gedanken durchaus nachvollziehen: Der Mann dort drüben war der einzige Passagier an Bord der RMS Olympic, der stets allein speiste und sich auch sonst höchst ungesellig, ja geradezu abweisend gab, während sich alle anderen Passagiere an ihren Sechsertischen auf das Glänzendste unterhielten. Überdies war der Mann kein Brite (was ohnehin schon suspekt war), sondern, wie man munkelte, Marokkaner, und er trug – als wolle er den Argwohn seiner Umgebung geradezu herausfordern – nicht nur stets ein seltsames Gewand nebst Kopfbedeckung sowie eine Brille mit dunklen Gläsern, sondern überdies einen gewaltigen Vollbart.

„Was genau bringt Sie zu der Erkenntnis, dass der Mann ein Geheimnis hat, Lady Alice?", fragte der Priester liebenswürdig. Die alte Dame schnaubte verärgert: „Wenn mit dem Mann alles in Ordnung wäre, hätte er sich uns vorgestellt und würde gemeinsam mit uns anderen speisen. Lassen Sie sich's von mir gesagt sein: Dieser Kerl plant nichts Gutes."

„Das Geheimnis dieses Mannes ist, dass er keine Manieren hat", stellte Major Fitzroy fest, während er auf einem zähen Stück Rindfleisch herumsäbelte.

„Sie tun dem Herrn beide Unrecht", warf der junge Bursche ein, der zur Linken von Father Brown saß, ein Ornithologe, der an Deck, wo die meisten übrigen Passagiere in Liegestühlen die Seeluft genossen, ständig mit einem Feldstecher zugange war, durch den er Möwen beobachtete, und der darauf bestand, mit seinem Vornamen, Cecil, angeredet zu werden: „Mr Aziz ist genauso harmlos wie Sie und ich. Wahrscheinlich beherrscht er unsere Sprache nicht so gut und möchte niemanden belästigen. Möglicherweise ist er die höflichste und rücksichtsvollste Person auf dem ganzen Kahn hier."

„Sie kennen seinen Namen?", schaltete sich Mr Mac-Naughton ein, der mit den ausführlichen Schilderungen seiner zahlreichen Bergsteigerabenteuer den ganzen Tisch einen Tag lang fasziniert und fünf weitere entsetzlich gelangweilt hatte. „Haben Sie etwa mit ihm gesprochen, Cecil?"

„Nein, das nicht, aber ich habe gehört, wie der zweite Offizier ihm vorgestern an Deck mitteilte, dass ein Funkspruch für ihn eingetroffen sei. Dabei habe ich den Namen aufgeschnappt."

„Ein Funkspruch!", schimpfte Lady Alice und sog heftig an ihrer Zigarettenspitze. „Auf hoher See! Überaus dubios! Ich sage, der Mann ist ein Spion!"

Einen Moment herrschte entgeisterte Stille am Tisch. Dann brach MacNaughton in ein Gelächter aus, in das alle einstimmten mit Ausnahme von Lady Alice, die prophetisch-düstere Blicke in die Runde sandte.

Elfter Tag der Seereise:

Lady Alice beugte sich vor und sprach mit leiser Stimme zu den anderen Mitgliedern der Tischrunde. Offenbar war sie ängstlich darauf bedacht, dass niemand sonst hörte, was sie zu sagen hatte. Insbesondere Mr Aziz nicht, der wie gewöhnlich allein an seinem Tisch speiste: „Nun, was habe ich Ihnen gesagt?"

„Wovon sprechen Sie, Lady Alice?", fragte Cecil gut gelaunt.

Lady Alice senkte ihre Stimme auf ein absolutes Mindestmaß, sodass nun auch alle anderen Tischgäste sich genötigt sahen, eine vorgebeugte Haltung einzunehmen. „Haben Sie es denn noch nicht gehört? Genau in der Zeit, als wir gestern in Tanger vor Anker lagen und uns alle nichtsahnend an Land aufhielten, ist dort ein furchtbarer Mord geschehen. Man hat eine männliche Leiche aus dem Hafenbecken gezogen."

„Ist das wahr?", fragte Father Brown interessiert. „Und weiß man, um wen es sich handelt?"

„Offenbar nicht. Bei dem Opfer wurden keine Papiere gefunden. Irgendein Einheimischer", flüsterte Lady Alice. „Aber darum geht es auch gar nicht. Mr Aziz ist Marokkaner, und kaum befindet sich dieser Kerl ein paar Minuten in seinem Heimatland, schon geschieht dort ein Mord. Sind Sie denn wirklich alle so blind, den Zusammenhang nicht zu erkennen? Der Mann ist ein Mörder!"

„Das schließen Sie nur aus dem Umstand, dass Mr Aziz an Land gegangen ist?", fragte Cecil mit süffisantem Unterton.

„Wir *alle* sind in Tanger an Land gegangen. Sind wir auch alle des Mordes an diesem Einheimischen verdächtig?"

„Natürlich nicht", belehrte ihn Lady Alice indigniert. „Wir kannten ihn ja gar nicht. Aber Mr Aziz ist genau wie das

Opfer Marokkaner. Ist das etwa ein Zufall? Daran glaube ich nicht. Aziz ist der Mörder."

„Aber sagten Sie nicht erst kürzlich, dass er ein Spion sei, Lady Alice?", fragte Cecil belustigt.

„Das eine schließt das andere nicht aus, im Gegenteil. *Viele* Spione begehen Morde, das weiß jeder, lesen Sie denn keine Kriminalromane?"

„Morde geschehen jeden Tag", entgegnete MacNaughton gelassen. „Überall auf der Welt. Wenn es so wäre, wie Sie sagen, Lady Alice, können wir alle nur hoffen, dass kein Mord in Southampton begangen wird, wenn wir dort an Land gehen, denn sonst wären wir alle überaus verdächtig."

„Und warum sitzt er immer allein und redet mit niemandem?", zischte Lady Alice. „Weil er nicht will, dass ihm jemand auf die Schliche kommt."

„Die Zurückgezogenheit von Mr Aziz könnte man auch als Splendid Isolation bezeichnen", sagte Father Brown schmunzelnd. „Das Fundament, auf dem die Politik unseres gesamten Königreiches ruht. Sollten wir das also – gerade als Briten – wirklich jemandem vorwerfen?"

„Das kann man wohl kaum vergleichen", entgegnete Lady Alice kühl.

„Vielleicht haben Sie recht", sagte MacNaughton zu der alten Dame. „Der Mann ist verantwortlich für den Mord. Aber nicht nur das: Wo ist heute Major Fitzroy? Darauf kann es nur eine Antwort geben: Tot. Ermordet vom Mr Aziz."

„Reden Sie doch nicht solchen Unsinn, MacNaughton, Major Fitzroy hat sich entschuldigen lassen und liegt mit einer Magenverstimmung in seiner Kabine", verkündete Lady Alice ungnädig.

„Sie nennen es eine Magenverstimmung, ich nenne es einen missglückten Giftanschlag. Und wer steckt dahinter? Ohne jeden Zweifel niemand anders als der geheimnisvolle Mr Aziz." MacNaughton grinste dreist und Lady Alice bedachte ihn mit einem Blick eisigster Verachtung.

Dreizehnter Tag der Seereise:
„Geht es Ihnen wieder besser, Major?", erkundigte sich Father Brown, als man sich zu Tisch setzte.
„Einigermaßen", antwortete der Angesprochene. „Zwei Tage lang war ich völlig außer Gefecht gesetzt. Irgend so eine verdammte Magen-Darm-Geschichte. Ich hätte in Tanger nichts von diesem exotischen Teufelszeug essen sollen, das war ein Fehler. Langsam wird es besser, obwohl ich immer noch diesen grässlichen Ausschlag im Gesicht habe. Ich muss also noch vorsichtig sein. Ich denke, ich werde wohl nur eine Hühnersuppe und etwas Brot zu mir nehmen."
„Sehr vernünftig", entgegnete Father Brown. „Aber lassen Sie sich's gesagt sein, Major: Sie hatten noch Glück im Unglück. Viele an Bord scheinen ziemlich stark erkrankt zu sein. Auch mir ist das Essen in Tanger nicht gut bekommen. Zum Glück hat es mich nicht so stark erwischt wie Sie. Dennoch werde ich Ihrem Beispiel folgen und es bei Hühnersuppe und Brot bewenden lassen."
„Humbug!", schaltete sich Lady Alice ein. „Sie beide müssen tüchtig essen, damit Sie wieder zu Kräften kommen. Und dazu noch ein Whisky, der macht mit den Bazillen kurzen Prozess!"
„Apropos kurzer Prozess, Major", sagte MacNaughton lachend. „Wenn Sie heute immer noch nicht zum Essen erschienen wären, hätte Lady Alice unseren guten Mr Aziz

verhaften lassen." Er warf einen verschwörerischen Blick zu dem Marokkaner hinüber, der nach wie vor allein an seinem Tisch speiste, und fuhr im Flüsterton fort. „Und zwar wegen Mordes an Ihnen, Major."

„Was reden Sie da für einen hirnverbrannten Unfug, Mr MacNaughton?", fauchte Lady Alice. „*Ich* habe das nie gesagt. *Sie* waren das!"

„Dann ist Mr Aziz also unschuldig?", fragte MacNaughton mit übertrieben gespielter Ungläubigkeit.

„An der bedauerlichen Erkrankung des Majors und der anderen Passagiere: ja. Damit hat Aziz nichts zu tun. Aber mit der anderen Sache in Tanger. Von dieser Meinung bringt mich keiner ab." Lady Alice schlug mit der Hand so heftig auf den Tisch, dass ihre Armbänder klirrten.

„Tanger?", fragte der Major überrascht. „Was für eine *Sache* denn?"

„Man hat eine Leiche aus dem Hafenbecken gefischt", antwortete MacNaughton. „Und nun glaubt Lady Alice, dass Mr Aziz der Täter ist."

„Alles spricht dafür!", ergänzte Lady Alice energisch.

Major Fitzroy nippte vorsichtig an seinem Wasserglas. „Dann wird es Sie interessieren oder vielleicht sogar erleichtern zu hören, dass Mr Aziz morgen Mittag, wenn wir in Algier eintreffen, von Bord gehen wird. Endgültig."

„Wer sagt das?", fragte Lady Alice misstrauisch.

„Cecil! Ich habe vorhin an Deck ein paar Worte mit ihm gewechselt."

„Und da ist der junge Mann sicher?" Lady Alice kniff skeptisch die Augen zusammen. Der Major zuckte mit den Schultern. „Ob er sicher ist, hab ich ihn nicht gefragt. Cecil wirkte sehr aufgeregt, weil er eine seltene Möwenart gesichtet hatte. Es hat mich auch nicht besonders interessiert, aber ich habe durchaus den Eindruck, dass Cecil überall das Gras wachsen hört und stets weiß, was vor sich geht. Ich denke also, es stimmt: Mr Aziz geht in Algier von Bord."

„Ihr Wort in Gottes Ohr!", stöhnte Lady Alice. „Wenn dieser schreckliche Mann fort ist, werde ich endlich wieder ruhig schlafen können."

MacNaughton beugte sich boshaft lächelnd zu Father Browns Ohr, sodass ihn Lady Alice nicht hören konnte: „Und wir anderen werden endlich wieder in Ruhe essen können."

Vierzehnter Tag der Seereise:

„Kellner, bringen Sie mir ein großes Stück Marzipantorte", befahl Lady Alice. Dann lächelte sie verschmitzt in die Runde. „Ich darf das eigentlich nicht, sagen meine Ärzte, aber ich bin der Ansicht, zur Feier des Tages muss es einmal erlaubt sein."

„Was feiern Sie denn, wenn man fragen darf?", erkundigte sich Cecil. „Sie werden doch wohl nicht etwa Geburtstag haben?"

„Meine Geburtstage feiere ich schon lange nicht mehr, junger Mann. Nein, es gibt einen besseren Grund zum Feiern: Der schreckliche Mr Aziz – er ist heute Morgen von Bord gegangen. Ich selbst habe von Deck aus zugesehen, wie er die Gangway hinunterging und im Hafengebäude verschwand. Außerdem habe ich das Bordkontor aufgesucht und mich erkundigt. Das Ticket von Mr Aziz endet hier in Algier. Das bedeutet, selbst wenn er seine Pläne ändern sollte, ist es ihm strikt verwehrt, wieder an Bord zu kommen, da alle Tickets für diese Reise in England erworben werden müssen. Und falls es Mr Aziz einfallen sollte, zu versuchen, das Schiff heimlich, *ohne* Ticket, zu betreten – nun, die Gangway ist am Tage streng bewacht und wird bei Einbruch der Dunkelheit eingeholt. Somit steht fest: Mr Aziz ist fort und bleibt fort. Endlich können wir uns alle wieder sicher fühlen."

„Solange wir noch im Hafen von Algier liegen, könnte er uns immer noch ermorden, wenn wir an Land gehen", scherzte Major Fitzroy.

„Da haben Sie allerdings recht", bestätigte Lady Alice ernst, „Darum werde ich das auch nicht tun. Und jeder, der noch seine fünf Sinne beisammenhat, wird ebenso handeln. Man darf das Schicksal nicht herausfordern. Der Vorfall in Tanger muss uns allen eine Warnung sein. Ich hoffe, Sie stimmen mir da zu, meine Herren."

„Nun, für mich stellt sich die Frage nicht", entgegnete der Major, „ich fühle mich immer noch nicht wieder ganz gesund und sollte Anstrengungen wie Landgänge noch ein paar Tage vermeiden. Und was MacNaughton betrifft, das arme Schwein hat es nun auch erwischt, und anscheinend noch ärger als mich. Er liegt in seiner Kabine, ist grün im Gesicht und schwört, bis zum Ende seiner Tage nie wieder etwas zu essen. Etwas sehr melodramatisch, der alte Knabe, wenn Sie mich fragen."

„Ein unangenehmer Jammerlappen ist er", bestätigte die alte Dame. „Es würde mich nicht im Mindesten wundern, wenn seine Bergsteigerheldentaten, mit denen er ständig prahlt, zur Hälfte erfunden wären."

Major Fitzroy schmunzelte, verkniff sich aber einen Kommentar und fuhr fort: „Allerdings scheint der gute Father Brown Ihre Sorgen nicht zu teilen, Lady Alice. Ich sah ihn kurz nach dem Anlegen von Bord gehen, er hat schon seit Tagen davon gesprochen, wie sehr ihn Algier interessieren würde."

„Gütiger Gott!" Lady Alice schlug die Hände vor dem Gesicht zusammen. „Für derart leichtsinnig hätte ich ihn nicht gehalten. Hoffen wir, dass ihm nichts geschieht. Ich hoffe, *Sie* sind klüger, junger Mann", wandte sie sich an Cecil.

„Ob ich klüger bin, weiß ich nicht, aber ich werde ebenfalls an Bord bleiben", erwiderte der Angesprochene. „Hauptsächlich deshalb, weil ich bisher meine Arbeit sträflich vernachlässigt habe. Ich muss meine ornithologischen Beobachtungen endlich zur Papier bringen."

„Interessant. Schreiben Sie an einem Buch?", erkundigte sich Major Fitzroy.

Das war ein Fehler, denn im Laufe der nächsten fünfzig Minuten stellte sich heraus, dass selbst MacNaughtons langweiligste Bergsteigergeschichte noch tausendmal fesselnder war als Cecils ornithologische Ausführungen.

Fünfzehnter Tag der Seereise:
Die übrigen Mitglieder der Tischrunde erhoben sich kurz, als sich Lady Alice auf ihren angestammten Platz setzte. Es war der bisher schönste Tag der Seereise: Die RMS Olympic glitt majestätisch durch die Wellen, der Himmel war blau, die Sonne schien warm und ein angenehmer Wind streichelte sanft die Haut. Doch Lady Alice schien für all das keinen Sinn zu haben. Mit zitternden Fingern nahm sie eine grüne Tablette aus einer kleinen goldenen Dose und schluckte sie mit etwas Wein hinunter.

„Geht es Ihnen nicht gut, Lady Alice?", erkundigte sich Father Brown mitfühlend.

„Wie sollte es?", entgegnete die alte Dame aufgeregt. „Aziz ist zurück."

„Wie meinen Sie das?", fragte Cecil und spitzte irritiert den Mund, sodass er selbst aussah wie ein Vogel.

„Haben Sie es denn nicht gehört? An Deck spricht man von nichts anderem. Heute Nacht ist ein Mann über die Ankerkette an Bord geklettert. Man hat nach ihm gesucht, aber der Mann war spurlos verschwunden."

„Sie sagen *ein Mann*. Wer sagt, dass es sich dabei um Mr Aziz handelt?"

„Glauben Sie an Zufälle?", fauchte Lady Alice. „Ich tue es jedenfalls nicht! Aziz versteckt sich irgendwo an Bord und wartet auf eine günstige Gelegenheit."

„Um uns nun alle einen nach dem anderen zu ermorden?", lachte MacNaughton, der sich bereits wieder recht gut von seiner Magenunpässlichkeit erholt zu haben schien. „Warum denn so umständlich? Das hätte Mr Aziz doch in aller Ruhe tun können, als er noch ganz regulär an Bord war."

„Aber so sind wir weniger darauf vorbereitet", entgegnete Lady Alice heftig.

„Bitte, meine Herren, dass heute Nacht heimlich jemand an Bord gekommen ist, habe ich auch gehört", meldete sich Major Fitzroy mit ruhiger Autorität zu Wort. „Das ist eine Tatsache und wahrlich kein Anlass für Scherze." Er wandte sich zu Lady Alice. „Dennoch brauchen Sie sich keine Sorgen zu machen. Die Schifffahrtslinien reden natürlich nicht gern darüber, aber jeder, der sich auskennt, weiß, dass sich praktisch auf *jedem* größeren Schiff blinde Passagiere befinden. Die wollen raus aus ihrem Land, sind aber zu arm, sich eine Passage leisten zu können. Diese armen Teufel sind völlig harmlos und man bekommt sie nie zu Gesicht."

„Auf *jedem* Schiff blinde Passagiere? Das ist ja entsetzlich, Major", presste Lady Alice mit bleichem Gesicht hervor.

„Das wusste ich nicht. Das hier wird auf jeden Fall meine letzte Schiffsreise gewesen sein!"

Sie blickte in die Runde und erwartete offenbar, dass man ihr gut zuredete, auch künftig Seereisende mit ihrer Anwesenheit zu beglücken, doch keiner der anwesenden Herren schien sich bemüßigt zu fühlen, diese edle Aufgabe zu übernehmen.

Siebzehnter Tag der Seereise:

„Ich bin heilfroh, dass uns dieser schreckliche Mr MacNaughton gestern in Tunis verlassen hat", erklärte Lady Alice, während Father Brown damit beschäftigt war, die Gräten aus seiner Dorade zu entfernen, was aufgrund eines ungewöhnlich stürmischen Seeganges fast seine ganze Konzentration erforderte, weshalb er es bei einem knappen Nicken bewenden ließ. „Auch Cecil weine ich keine Träne nach", fuhr sie fort, „den Major vermisse ich allerdings, er war ein Mann von Welt und ein charmanter Plauderer. Sie wissen nicht zufällig, warum er uns in Tunis verlassen hat, Hochwürden?"

Father Brown hatte das Grätenskelett endlich freigelegt. Er zog es ab und legte es auf einen kleinen Teller. „Nun, ich weiß es schon, aber ich bin nicht sicher, ob Sie es wirklich wissen möchten."

„Selbstverständlich möchte ich das."

„Es könnte Sie beunruhigen, Lady Alice."

„Heraus damit! Mich beunruhigt so schnell nichts."

Father Brown hüstelte verlegen. „Nun gut. In den letzten Tagen sind mir gewisse Merkwürdigkeiten aufgefallen, die …"

„Was denn für Merkwürdigkeiten?", unterbrach ihn Lady Alice leicht empört.

„Darauf komme ich gleich zu sprechen. Also mir sind gewisse Merkwürdigkeiten aufgefallen, die mich veranlassten, Mr Aziz zu folgen, als er in Algier das Schiff verließ. Im Grunde natürlich ein unverzeihliches Verhalten meinerseits, doch ich bin nun einmal unheilbar neugierig, fürchte ich."

„Mr Aziz? Also doch! Dann war mein Verdacht also vollkommen richtig. Mit dem Mann stimmt etwas nicht."

„Möglicherweise haben Sie recht, Lady Alice, ich vermute es sogar. Doch lassen Sie mich fortfahren. Ich verfolgte Mr Aziz – natürlich in gehörigem Abstand – eine ganze Weile durch die belebten Straßen von Algier. Schließlich sah ich ihn in einer engen Gasse verschwinden. Da es mir nicht ratsam erschien, ihm durch diese zu folgen – das Risiko einer Entdeckung wäre zu hoch gewesen –, eilte ich, so schnell ich es vermochte, um die zwei Häuser herum, welche die eine Seite der Gasse bildeten. Als ich auf der anderen Seite ankam, war Mr Aziz nirgendwo zu entdecken. Ich fürchtete bereits, seine Spur verloren zu haben, als er plötzlich aus der Gasse heraustrat. Allerdings hatte er sich stark verändert. Er trug immer noch dieselben Schuhe, doch er hatte sich nicht nur seines marokkanischen Gewandes entledigt, sondern auch seiner Kopfbedeckung und der dunklen Brille. Auch der Bart war verschwunden, ja sogar seine Hautfarbe war auf einmal europäisch. Kurz und gut: Die Person, die ich dort sah, war niemand anders als unser Tischgenosse MacNaughton."

„Gütiger Himmel!", entfuhr es Lady Alice.

„Zur Sicherheit warf ich einen vorsichtigen Blick in die Gasse, ob sich Mr Aziz nicht doch noch darin befände, doch sie war leer. Ich folgte Mr MacNaughton weiter, doch irgendwo im bunten Gewimmel eines Gewürzmarktes habe ich ihn dann aus den Augen verloren."

Lady Alice blickte entgeistert auf den Priester: „Nun begreife ich nichts mehr. Mr Aziz hat sich als Mr MacNaughton verkleidet? Warum?"

„Umgekehrt. Mr MacNaughton hatte sich als Mr Aziz verkleidet."

„Warum sollte er das tun? Das ergibt noch viel weniger Sinn."

„Den ergibt es schon. Wenn man bedenkt, dass es sich bei der männlichen Leiche, die man in Tanger aus dem Hafenbecken gezogen hat, um Mr Aziz gehandelt hat."

„Sie reden wirres Zeug, Hochwürden. Auch *nach* Tanger saß Aziz jeden Mittag an seinem Esstisch. Wir alle haben es selbst gesehen."

„Haben wir das?", fragte Father Brown amüsiert zurück. „Oder haben wir nur jemanden gesehen, der so *aussah* wie Mr Aziz. Einen Mann mit fremdländischem Gewand und ebensolcher Kopfbedeckung. Einen Mann mit dunkler Brille, dunklerer Hautfarbe und einem großen Vollbart."

„Jemand anderer?"

„Ja."

„Sein Zwillingsbruder?"

„Nein."

„Dann kann es nicht sein. Wir alle haben Mr Aziz genau erkannt."

„Sind Sie da wirklich sicher, Lady Alice? Oder haben wir nicht vielmehr das gesehen, was wir zu sehen erwarteten? Man hinterfragt nicht, was man sieht, wenn man sich sicher ist, was man sieht. Der Mann am Tisch von Mr Aziz hatte all die besonderen Merkmale, die Mr Aziz schon von Weitem unverwechselbar machten, zumindest solange er sich unter Engländern aufhielt; unter Marokkanern wäre er nur einer von Tausenden und völlig unauffällig."

„Aber wer dann? Mr MacNaughton? Aber nein, das kann nicht sein, er hat mit uns zusammen gespeist. Ich begreife nichts mehr. Das Ganze ergibt definitiv keinen Sinn."

„Durchaus tut es das, Lady Alice. Sehen Sie, zwei Dinge sind mir aufgefallen, die ich überaus seltsam fand. Zum ersten der Hautausschlag des Majors. Hautausschlag bei einem Magen-Darm-Virus? Das wäre mir neu. Und zum zweiten: Während wir *vor* Tanger hier immer alle zusammen zu Mittag speisten, fehlte *ab* Tanger immer mindestens eine Person. Erst lag der Major krank darnieder, dann konnte sich Cecil angeblich an Deck nicht von den Möwen losreißen und schließlich war MacNaughton krank. Doch bevor ich Sie zu sehr verwirre, will ich von vorne beginnen. Ich kenne nicht den Grund – möglicherweise war Mr Aziz wirklich ein Spion –, aber wie auch immer: Der Major, Cecil und MacNaughton haben Aziz in Tanger ermordet. Damit niemand wusste, um wen es sich bei der Leiche handelte, nahmen Sie ihm Kleider und Brille weg und schnitten auch seinen Bart ab. Wahrscheinlich warteten sie mit dem Mord sogar, bis wir Tanger erreicht hatten, denn bei einem Marokkaner unter lauter Marokkanern verfällt die Polizei nicht so leicht auf den Gedanken, dass es sich hierbei um den Passagier eines vor Anker liegenden englischen Schiffes handelt. Doch die drei wollten ganz sichergehen, dass kein Verdacht auf sie fallen würde. Schließlich hatten sie sich, wie viele anderen Passagiere, zur Tatzeit an Land befunden und zählten somit, zumindest rein theoretisch, zu den Verdächtigen. Also beschlossen sie, dass Mr Aziz in den Augen der Öffentlichkeit noch so lange leben musste, bis er – wie es auf seinem Ticket stand, das die drei ihm ebenfalls abgenommen hatten – in Algier von Bord gehen und dort auf Nimmerwiedersehen verschwinden konnte, während der Major, Cecil und MacNaughton verkündet hatten, an Bord zu bleiben. Jeden Tag fehlte also nun einer der drei in unserer kleinen Tafelrunde und gab den Mr Aziz an dem Tisch dort hinten. Sie klebten sich sogar seinen Bart ins Gesicht, nur leider vertrug des Majors zarte Haut das Mastix nicht, das man dazu verwendet. Daher sein Ausschlag. Allerdings muss ich zugeben, dass die Magen-Darm-Unpässlichkeit als Grund für die Abwesenheit des Majors und MacNaughtons geschickt gewählt war, da diese Krankheit ja zu dieser Zeit tatsächlich unter den Passagieren grassierte und somit als Entschuldigung überaus glaubwürdig war. Kaum dass wir Algier erreicht hatten, ging MacNaughton, zurechtgemacht als Mr Aziz, von Bord, warf die Verkleidung fort, wischte sich die Schminke aus dem Gesicht und umging die Wachen an der Gangway, indem er in der Nacht über die Ankerkette zurück an Bord kletterte. Als geübtem Bergsteiger fiel ihm das nicht schwer. Da er das Schiff als Mr Aziz verlassen und unerkannt wieder betreten hatte, war Mr MacNaughton, wie auch Cecil und der Major, offiziell nie von Bord gegangen. Offenbar wollten die drei sichergehen, auf jeden Fall ein Alibi zu haben, falls es Nachforschungen geben würde, warum sich Mr Aziz in Algier in Luft ausgelöst hatte."

Father Brown nippte an seinem Chablis. „Und das ist die ganze Geschichte. Ich hoffe, ich habe Sie damit nicht allzu sehr beunruhigt, Lady Alice."

„Mich beunruhigt?" Lady Alice fuchtelte mit der Hand, als verscheuche sie eine lästige Fliege. „Was reden Sie denn da,

Hochwürden? Das ist doch nichts anderes, als was ich von Anfang an gesagt habe."

* * *

Die Reise nach Jerusalem

Der Umstand, dass nur etwa eine halbe Meile entfernt von der Offiziersmesse gut hörbar gleichzeitig zwei Pistolenschüsse abgegeben worden waren, schien niemanden in der illustren Tafelrunde auch nur im mindesten zu stören oder gar zu beunruhigen. Niemanden außer den geladenen Gast, Father Brown, der irritiert die Augenbrauen hochzog und fragend zu Colonel Urquhart blickte. Der alte Herr bemerkte es und winkte amüsiert ab. „Kein Anlass zur Sorge, Hochwürden, das sind nur Grimes und Hammond. Ein Pistolenduell."

Father Browns gefüllter Suppenlöffel verharrte in der Luft. „Pistolen? Ich muss schon sagen, ich beneide Sie um Ihre Gelassenheit, Colonel. Haben Sie denn keine Bedenken, dass jemand zu Schaden kommt? Ganz abgesehen davon, dass solcherlei Narreteien im Königreich verboten sind."

„Nun, hier an der Sandringham Militärakademie fühlen wir uns der Bewahrung der Tradition verpflichtet", entgegnete Urquhart, „und da mag wohl auch die eine oder andere etwas veraltete darunter sein, aber auch die hegen und pflegen wir mit Stolz. Allerdings darf ich Ihnen versichern, Hochwürden, das letzte Mal, dass bei uns ein Mann bei einem Duell ernsthaft zu Schaden gekommen ist, muss einige Jahrzehnte her sein. Die Herausforderer, also diejenigen, die vom anderen Satisfaktion fordern, schießen in der Regel ein bis zwei Fuß über ihren Kontrahenten hinweg oder vorbei. Absichtlich. Die Gegner halten es ebenso. Trotzdem verlangt es natürlich eine gewisse Nervenstärke und ist somit durchaus von Nutzen, um die Luft zwischen zwei Streithähnen auf ehrenvolle Art zu reinigen."

„Was war der Grund für dieses Duell?"

„Ich weiß es gar nicht genau." Urquhart blickte fragend in die Runde. Doch auch die anderen anwesenden Offiziere schienen es nicht zu wissen und zuckten bedauernd die Achseln. „Irgendeine Nichtigkeit", winkte Colonel Urquhart ab. „Hammond fühlte sich offenbar in irgendeiner Weise von Grimes herabgesetzt. Ich gebe zu, der gute Grimes pflegt zuweilen einen etwas harschen Ton gegenüber seinen Kameraden, besonders gegenüber denen, die mit ihm militärisch nicht mithalten können, und das sind so ziemlich alle. Grimes gehört zu den herausragendsten Kadetten, die ich in all den Jahren hier erlebt habe, und er ist mit Abstand der beste dieses Jahrgangs. Sie werden vielleicht gehört haben, Hochwürden, dass jedes Jahr die besten drei Absolventen eine besondere Auszeichnung erhalten. Diesen dreien stehen in der Britischen Armee alle Wege offen. Einige der berühmtesten Offiziere der Geschichte waren darunter. Ich bin sicher, dass auch Grimes eine glänzende Karriere machen wird. Insofern halte ich Hammonds Duellforderung im Grunde für unangebracht. Aber vielleicht ging es Hammond eher darum, sich selbst zu beweisen, dass er einer Persönlichkeit wie Grimes Paroli bieten kann."

Einige Augenblicke später flog die große Tür zur Offiziersmesse auf und drei junge Uniformierte stürzten atemlos in den Saal. Das unvorschriftsmäßige Eintreten sorgte für diverse gerunzelte Stirnen und empörte Blicke bei den anwesenden Herren. Einige Augenblicke sagte niemand etwas. Dann erhob Major Carmichael, der neben Colonel Urquhart saß, die Stimme und wandte sich an einen der drei Eindringlinge: „Machen Sie Meldung, Chambers!"

Der Angesprochene zuckte zusammen und alle drei Männer nahmen Haltung an. „Leider ist es meine Pflicht, einen tragischen Vorfall zu melden", schnarrte Chambers. „Grimes und Hammond sind tot."

Alle Köpfe wandten sich nun zu Chambers, der überaus unglücklich aussah. Mühsam stammelte er einige Sätze hervor. „Zunächst war alles in Ordnung. Grimes und Hammond sowie ich als Unparteiischer und West und Nichols als Sekundanten, wir alle haben uns pünktlich zur verabredeten Zeit auf der Duellwiese versammelt. Grimes als der Herausgeforderte hatte die erste Wahl bei den Waffen und Hammond nahm die andere. Dann bezogen beide ihre Position in zwanzig Schritt Abstand und ich gab das Startzeichen. Einige Momente standen beide reglos da, ich sah von einem zum anderen, doch dann erblickte ich in Hammonds Antlitz etwas Seltsames. Eine hasserfüllte Entschlossenheit. Es war deutlich zu sehen! Als er dann die Pistole hob, den Hahn spannte und genau zielte, wusste ich, dass er Grimes erschießen würde. Grimes selbst muss es auch erkannt haben; mit erschrockenem Gesicht riss er seine Waffe hoch und versuchte, Hammond zuvorzukommen, doch es war schon zu spät. Beide Schüsse lösten sich zur selben Sekunde und beide Männer stürzten getroffen zu Boden. Wir haben noch versucht zu helfen, aber es war zu spät, sie waren beide tot."

In der Offiziersmesse herrschte absolute Stille.

„West! Nichols!", wandte sich Colonel Urquhart schließlich an die anderen beiden Kadetten. „Können Sie das bestätigen?"

„Jawohl, Sir!", kam es wie aus einer Kehle.

„Wo befinden sich Grimes und Hammond?"

„Immer noch auf der Wiese", antworte Chambers.

Der Colonel erhob sich langsam, er schien um Jahre gealtert zu sein. „Ich denke, es ist erforderlich, dass wir uns das ansehen", sagte er mit müder Stimme. „Hochwürden, darf ich Sie bitten, uns zu begleiten. Sie werden dort gebraucht."

Father Brown nickte. „Selbstverständlich."

Mit ernsten Mienen erhoben sich alle und begaben sich ins Freie. Vorneweg liefen die drei Zeugen des tragischen Duells, Chambers, West und Nichols, da nur sie den genauen Weg wussten, doch es war ihnen deutlich anzusehen, dass sie als die Überbringer schlechter Nachrichten viel lieber eine unbeachtete Nachhut gebildet hätten. „Die drei sehen furchtbar mitgenommen aus", sagte Major Carmichael leise zu dem neben ihm gehenden Father Brown. „Ich musste es im Laufe der Jahre leider schon mehrfach erleben, dass junge Kadetten durch den tragischen Tod eines Kameraden vollständig aus der Bahn geworfen wurden und nie wieder zu ihrer alten Form zurückfanden. Meistens dann, wenn sie unmittelbar dabei gewesen und infolgedessen der Wahnidee verfallen waren, dass sie das Unglück hätten verhindern können. Ich halte große Stücke auf die drei, sie gehören zu unseren besten. Es wäre eine Tragödie, wenn es hier auch so käme."

Father Brown nickte verständnisvoll. „Ich bin gerne bereit, den dreien die Beichte abzunehmen. Sie reinigt nicht nur das Verhältnis zu Gott, sie reinigt auch die eigene Seele."

„So ist es, Hochwürden, ich danke Ihnen vielmals." Inzwischen hatte man die große Wiese hinter dem Hauptgebäude erreicht. Eine uralte riesige Buche hob sich vor dem blauen Himmel malerisch ab, und hätte man nicht in einiger Entfernung voneinander die zwei dunklen Umrisse im Gras liegen sehen, wäre es ein geeignetes Motiv für ein heiteres Gemälde gewesen. Alle verlangsamten den Schritt und bewegten sich nun mit einer Mischung aus Widerwillen und Pflichtgefühl voran. Was sich den Augen bot, entsprach der Schilderung von Chambers: Zwei tote Männer – einer der Offiziere überzeugte sich sachkundig davon, dass tatsächlich keinerlei Lebenszeichen mehr vorhanden waren –, die im Abstand von etwa zwanzig Yards auf dem Rücken lagen und teilnahmslos in die Wolken über ihnen blickten. Beide hatten ein großes Loch in der Stirn und hielten immer noch ihre Pistole in der Hand. Father Brown zog seine purpurne Stola aus der Tasche, trat nacheinander an beide Verblichene und sprach für sie einen Segen. Einige der Offiziere bekreuzigten sich. Während Colonel Urquhart eine Ordonanz zurückschickte, damit diese den Abtransport der Leichen organisierte, stellte man nun fest, dass niemand daran gedacht hatte, etwas mitzubringen, mit dem man die zwei toten Körper bedecken konnte. Major Carmichael begab sich gemessenen Schrittes zu den beiden und schloss ihnen die Augen. Father Brown indes, der eine Weile nachdenklich den Ort der Tragödie betrachtet hatte, trat zu dem jungen Chambers. „Können Sie mir sagen, wo sich alle Beteiligten befunden haben, als die tödlichen Schüsse fielen?" Chambers antwortete sofort. Er schien die Frage in keiner Weise befremdlich zu finden, was ohne Zweifel zu einem nicht geringen Maße der hervorragenden Ausbildung der Sandringham Militärakademie zu danken war, die jeden jungen Kadetten schon vom ersten Tag an lehrte, dass Zweifel an Äußerungen höhergestellter Personen keineswegs angebracht waren. „Jawohl Sir, Grimes und Hammond standen dort, wo sie jetzt liegen, während sich West, Nichols und ich in der Mitte zwischen den beiden befanden, allerdings zehn Schritte zurückversetzt. Die klassische Dreiecksanordnung für ein Duell also."

„Und was unternahmen Sie, als Sie bemerkten, dass beide Duellanten getroffen waren?"

„Da wir hofften, dass beide nur verletzt seien, sind wir natürlich sofort zu ihnen gelaufen. West zu Hammond, dessen Sekundant er war, und Nichols und ich zu Grimes. Doch leider konnten wir nur noch den Tod der beiden feststellen."

Father Brown nickte lächelnd. „Ich danke Ihnen, Chambers." Dann begab er sich zu Colonel Urquhart, der mit angespanntem Kinn etwas abseits stand und widerwillig auf das Tableau vor ihm blickte. „Etwas ist seltsam, Colonel."

Urquhart schreckte aus seinen Gedanken hoch, offenbar dankbar für die Ablenkung.

„Seltsam? Was meinen Sie Hochwürden?"

„Die Linien im Gras stimmen nicht."

„Welche Linien? Wovon sprechen Sie bitte?"

„Sehen Sie die Strecke zwischen Grimes und Hammond? Das ist der Weg, den die beiden zurückgelegt haben. Jeder zehn Schritte, insgesamt also zwanzig. Das Gras dort ist niedergetreten."

„Ganz recht. Was finden Sie daran seltsam, Hochwürden?"

„Überhaupt nichts. Seltsam ist etwas anderes. Ich habe gerade mit Chambers gesprochen. Er hat mir erklärt, dass er als auch West und Nichols sich in der Mitte zwischen den beiden und zehn Schritte zurückversetzt befunden haben."

„Natürlich, die klassische Dreiecksposition."

„Richtig. Er sagte weiter, dass sie sofort nach den Schüssen zu den beiden Duellanten liefen. Er und Nichols zu Grimes und West zu Hammond."

„Und?"

„Wo ist das zertrampelte Gras? Es gibt welches, das vom Stützpunkt hierherführt, denselben Weg, den auch wir alle genommen haben. Das Gras dort ist komplett niedergedrückt. Dann gibt es die Verbindungslinie zwischen den beiden Duellanten, auch hier ist das Gras niedergetrampelt. Aber wo sind die schrägen Linien, die im Gras sein müssten, also die schrägen Linien, die vom Aufenthaltspunkt von Chambers, Nichols und West zu Grimes und Hammond führen?"

Colonel Urquhart blickte erst verwirrt auf den Priester und dann auf die Rasenfläche. „Ich kann keine erkennen."

„Natürlich nicht. Weil sie nicht da sind, aber sie *müssten* da sein."

„Mag sein, aber was wollen Sie mir damit sagen, Hochwürden?"

„Ich fürchte, hier hat ein Verbrechen stattgefunden."

„Gewiss. Der junge Hammond hat absichtlich auf Grimes geschossen. Und das bei einem zeremoniellen Duell. Es war Mord, doch er ist sogleich dafür gerichtet worden."

„Keineswegs, ich denke, hier ist etwas ganz anderes geschehen."

„Um Himmelswillen, was?"

„Nun, sagten Sie mir nicht vorhin, dass jedes Jahr die drei besten Kadetten des Jahrgangs eine besondere Auszeichnung erhalten und dass diesen dreien eine glänzende Karriere bevorsteht?"

„Das sagte ich, aber was …?"

„Und sagten Sie nicht ebenfalls, dass in diesem Jahr Grimes ganz sicher einer dieser drei Ausgezeichneten sein würde?"

„Richtig, darum wiegt der Verlust von Grimes nur umso schwerer. Aber was hat das hiermit zu tun?"

„Alles! Nur darum geht es hier, Colonel."

„Wollen Sie etwa andeuten, Hammond hätte aus Neid gehandelt? Aus dem Bewusstsein heraus, dass er niemals ein so guter Offizier werden konnte wie Grimes? War es Hass auf den überlegenen Kameraden?"

„Nichts von alledem, Colonel. Es wäre zwar grundsätzlich denkbar, aber es erklärt nicht die fehlenden Linien im Gras. Etwas anderes ist passiert. Etwas viel Schrecklicheres. Major Carmichael sagte mir auf dem Weg hierher, dass Chambers, West und Nichols ebenfalls zu den allerbesten Kadetten des Jahrgangs gehören."

„Das ist korrekt. Wir sind sehr stolz auf sie."

„Aber da es offenkundig war, dass Grimes einer der Empfänger der Auszeichnung sein würde, hätten nur zwei von ihnen sie ebenfalls erhalten können."

„Das ist richtig, Hochwürden."

„War schon klar, welche zwei der drei die Glücklichen sein würden?"

„Nein, das entscheidet kurz vorher eine Kommission."

„Jeder der drei, Chambers, Nichols und West, musste also trotz hervorragender Leistungen damit rechnen, die Auszeichnung *nicht* zu erhalten?"

„Richtig."

„Da haben Sie's, Colonel, das ist der Grund, warum Grimes sterben musste. Ich weiß nicht, ob die drei Hammond beeinflusst haben, damit er Grimes zum Duell herausforderte, oder ob er dies aus eigenem Antrieb tat und sich so einfach eine günstige Gelegenheit für die drei bot, jedenfalls verstanden sie es, sich selbst zum Duellrichter und zu den beiden Sekundanten zu machen. Als Grimes und Hammond am Duellplatz erschienen, tat man zunächst so, als würde ein ganz korrektes Duell stattfinden. Man öffnete den Kasten mit den Pistolen und nun hätte Grimes als der Herausgeforderte die Wahl gehabt und Hammond hätte die übriggebliebene genommen. Doch das ließen Chambers, Nichols und West nicht zu. Zwei von ihnen ergriffen je eine Waffe und einer erschoss Grimes und der andere Hammond. Beide aus nächster Nähe, denn man musste schließlich sichergehen, dass beide mit jeweils nur einem einzigen Schuss sicher getötet wurden, nur so konnte die Lüge vom stattgefundenen Duell funktionieren. Ist Ihnen nicht aufgefallen, wie groß die Schusswunden bei Grimes und Hammond sind? Das spricht gegen Schüsse aus zwanzig Schritt Entfernung. Nun also war Grimes als Konkurrent bei den Auszeichnungen aus dem Weg geräumt. Hammond hatte einfach nur Pech. Er war nur ein Mosaikstein im Plan der Drei. Nun ließ man Grimes oder Hammond, ich kann nicht sagen, welchen von beiden, dort liegen, wo er lag, trug den anderen zwanzig Schritt weit weg und legte ihn dort ab. Dann drückte man den beiden Toten die abgefeuerten Pistolen in die Hand. Und das, Colonel, ist der Grund, warum es keine schrägen Linien im Gras gibt. Die Drei bewegten sich nur auf der Linie zwischen Grimes und Hammond. Es gab keinen Grund, andere Wege zu gehen. Und daraus folgt: Es hat kein Duell stattgefunden."

Colonel Urquhart starrte voller Entsetzen auf den Priester. Inzwischen waren Männer mit Tragen eingetroffen. Grimes und Hammond wurden daraufgelegt und alle Anwesenden machten sich langsam auf den Rückweg. „Chambers, West und Nichols werden sich vor einem Militärgericht zu verantworten haben", sagte der Colonel betrübt. „Das ist eine Katastrophe für die Sandringham Militärakademie."

„Da haben Sie wohl recht, Colonel Urquhart", stimmte Father Brown betrübt zu. Wortlos gingen sie weiter, beide tief in Gedanken versunken. Langsam näherten sie sich wieder dem Hauptgebäude. „Aber zumindest *ein* Gutes hat das Ganze", verkündete Father Brown das Ergebnis seiner Grübeleien: „Auf diese Weise bleiben England drei hochrangige Offiziere erspart, die keine guten Strategen sind. Die drei sind zwar in der Lage, eine geschickte Strategie auszuarbeiten, aber sie übersehen dabei das entscheidende Detail."

* * *

Der Turm der Calvinisten

Ein wenig beunruhigt nahm Father Brown auf dem Stuhl für Besucher Platz, denn noch immer wusste er nicht, weshalb man ihn gerufen hatte, dazu noch an einem Sonntag. Ein mürrischer Constable hatte vor etwa einer halben Stunde an die Tür seines Hauses geklopft und ihn gebeten mitzukommen, da seine Hilfe benötigt würde. Dann hatte der Constable ihn zum Polizeirevier geleitet und dortselbst über mehrere triste Gänge und Eisentreppen in das Bureau von Detective Inspector Walsh, mit dem Father Brown in der Vergangenheit schon einige Male zu tun gehabt hatte. Mit dem Befehl: „Holen Sie jetzt den Gefangenen", hatte Walsh den Constable fortgeschickt. „Danke, dass Sie so schnell gekommen sind, Hochwürden", wandte sich Walsh an den Priester. „Es handelt sich nur um eine Formalität, die nicht viel Ihrer Zeit beanspruchen wird. Der Constable muss jemanden aus seiner Zelle holen. Es wird nur wenige Minuten dauern."

Father Brown nickte freundlich. „Warum erzählen Sie mir nicht in der Zwischenzeit, worum es geht?"

Detective Inspector Walsh räusperte sich: „Nun, ich darf natürlich keine Informationen über einen gegenwärtigen Fall an Außenstehende geben", er verzog listig das Gesicht,

„aber ich denke, bei *Ihnen* weiß ich diese in guten Händen. Sie werden nichts weitererzählen und außerdem würde mich interessieren, Ihre Beurteilung des Falles zu erfahren."

„Ich bin sicher, dass meine Beurteilung dieselbe sein wird wie die Ihre, Detective Inspector", antwortete Father Brown bescheiden. „Aber ich bin natürlich begierig zu erfahren, um was es sich handelt."

„Nun", begann Walsh, „wir haben es hier leider mit einem ganz entsetzlichen Verbrechen zu tun. Mord! Sie kennen sicher das etwas seltsame Haus, das ganz in der Nähe Ihrer Kirche steht, das Haus, das wie ein Turm aussieht. Es wird von der Familie Garrick bewohnt."

„Natürlich", bestätigte Father Brown. „Ein sehr interessantes Bauwerk. Man hatte offenbar nur ein sehr kleines Grundstück zur Verfügung, darum musste man in die Höhe bauen. Ich war vor einigen Jahren einmal drin, als noch andere Leute darin wohnten. Das Haus hat eine dunkle, fast unheimliche Atmosphäre. Außerdem liegt es direkt an der Straßenbahn und wenn diese vorbeifährt, zittert das ganze Haus. Kein Wunder, dass lange niemand darin wohnen wollte. Die Garricks habe ich allerdings noch nie besucht. Soweit ich weiß, handelt es sich um Calvinisten, was noch nichts zu sagen hätte, aber ich habe von verschiedenen Seiten gehört, dass die Leute einen gewissen Hang zum religiösen Fanatismus haben. Besonders die Mutter."

„Genau genommen ist Mrs Garrick nicht die Mutter, sondern die Stiefmutter des Sohnes", erwiderte Detective Inspector Walsh. „Mr Garrick hat nach dem Tod seiner Frau ein zweites Mal geheiratet und zwar eine sehr viel jüngere Frau. Sie kann kaum viel älter sein als Garricks Sohn, der zweiundzwanzig ist. Einige böse Zungen behaupten wohl, sie habe ihn nur wegen seines Geldes geheiratet, doch ich denke eher, dass es die gemeinsame Religion ist, die sie zusammengeführt hat. Doch das sind alles nur Vermutungen. Bevor ich mit dem Eigentlichen anfange, muss ich vorrausschicken, dass der Turm vier Zimmer besitzt, die sich übereinander befinden. Unten ein Wohnzimmer und die Küche, deren Fenster fest vergittert sind. Es gibt nur einen einzigen Eingang. Über dem Wohnzimmer liegt das Schlafzimmer von Mrs Garrick, ein Stockwerk höher das von Mr Garrick. Auch in diesen beiden Räumen sind die Fenster vergittert. Ganz oben liegt das Zimmer des Sohnes August. Hier befindet sich das einzige Fenster, dass *nicht* vergittert ist. Folgendes ist nun laut der Aussage von Mrs Garrick passiert: Kurz vor elf Uhr morgens hörte sie plötzlich aus dem Gemach ihres Ehemannes einen fürchterlichen Lärm. Besorgt lief sie nach oben und fand ihren Mann dort tot vor. Erschlagen mit einer Axt. Das ganze Zimmer war verwüstet, verschiedene Möbel einschließlich der Standuhr waren umgestürzt, so als ob ein entsetzlicher Kampf stattgefunden habe. Als sie aus dem Zimmer rannte, bemerkte sie, dass blutige Schuhabdrücke nach oben zum Raum ihres Stiefsohnes August führten. Von Panik ergriffen lief sie, so schnell sie konnte, nach unten, verließ das Haus und schloss die Tür von außen mit dem einzigen dafür existierenden Schlüssel ab. An der Straßenecke stieß sie auf zwei Constables, die sogleich mit ihr in das Haus zurückkehrten. Sie stiegen die Treppe hinauf bis ganz nach oben, betraten das Zimmer des Sohnes und kamen gerade zurecht, diesen rittlings auf dem Fensterbrett sitzend zu erwischen, eben im Begriff an einigen zusammengeknoteten Bettlaken aus dem Fenster zu steigen und …"

„Hatte er immer noch Blut an den Sohlen?", unterbrach ihn Father Brown unvermittelt.

„Nein, er trug saubere Schuhe. Nachdem man ihn aufs Revier gebracht hatte, durchsuchte man sein Zimmer. Die blutigen Schuhe fanden die Constables, zusammen mit blutverschmierter Kleidung, unter Augusts Bett."

„Ich darf wohl annehmen, dass er der Mann ist, den der Constable gerade zu uns bringt."

„Ganz recht, Hochwürden."

„Darf ich fragen, warum? Beziehungsweise warum *ich* hier bin? Wünscht der Mann eine Beichte abzulegen? Dann muss ich leider *nein* sagen, da er nicht der katholischen Kirche angehört."

„Nein, darum geht es nicht, Hochwürden. Die Sache verhält sich anders. August Garrick behauptet, unschuldig zu sein. Er habe seinen Vater nicht ermordet. Er wisse von nichts. Die blutigen Schuhe und die Kleidung seien zwar die seinen, aber er wisse weder, wodurch sie blutig wurden, noch habe er sie unter sein Bett geworfen. Und als die Beamten sein Zimmer betraten, habe er sich zwar mit einem zusammengeknoteten Laken auf dem Fensterbrett befunden, aber er sei nicht im Begriff gewesen, *aus* dem Fenster zu steigen, sondern *hinein*. Während der Mord geschah, sei er gar nicht im Hause gewesen."

„Weiß man denn eigentlich genau, wann der Mord geschah?", fragte Father Brown.

Detective Inspector Walsh konsultierte seine Unterlagen. „Mrs Garrick hat ausgesagt, dass sie kurz vor elf am Morgen den Lärm aus dem Zimmer ihres Mannes hörte. Außerdem wurde, wie schon erwähnt, bei dem stattfindenden Kampf die Standuhr umgeworfen. Dabei wurde sie so schwer beschädigt, dass sie stehen blieb und zwar um exakt zehn Uhr einundfünfzig."

„Gut, und hat denn August Garrick auch einen Grund genannt, warum er in sein eigenes Fenster einstieg, wie er behauptet? Wenn ich mich recht erinnere, ist sein Zimmer in dem Turm das oberste, das Fenster muss sich also in etwa zehn, elf Yards Höhe befinden. Wäre es da nicht ratsamer, das Zimmer durch die Tür zu betreten?"

„In der Tat. Doch der junge Mann behauptet, dass er heimlich einen Ort aufgesucht hätte, dessen Besuch seine calvinistischen Eltern niemals erlaubt, ja mehr noch aufs Höchste verdammt hätten."

„Sprechen Sie etwa von so einem Haus, in dem …"

„Nein, ganz und gar nicht. Im Gegenteil. Ich spreche von einer katholischen Kirche. Genaugenommen von Ihrer. Und das ist der Grund, warum ich Sie bitten ließ, hier zu erscheinen. August Garrick behauptet, dass er vorhat, zum katholischen Glauben zu konvertieren, und heute Morgen bei Ihnen in der Sonntagsmesse gewesen zu sein. Sie sind sein Alibi, Father Brown."

In diesem Moment wurde die Tür geöffnet und der Constable führte einen jungen Mann im Sonntagsanzug herein, der ein unglückliches Gesicht machte. Doch kaum, dass er Father Browns ansichtig wurde, hellte sich seine Miene auf und er stürzte auf den Geistlichen zu. „Father Brown, dem Himmel sei Dank, man wirft mir eine furchtbare Tat vor. Ich soll heute Morgen meinen Vater erschlagen haben. Bitte erklären Sie den Beamten, dass ich zu dieser Zeit in Ihrer Kirche zusammen mit der Gemeinde die heilige Messe feierte."

Father Brown legte dem aufgeregten jungen Mann die Hand auf die Schulter. „Das will ich gerne tun." Dann wandte er sich an Detective Inspector Walsh. „Ich kann bestätigen, dass August Garrick heute Morgen bei mir in der Messe war. Und zwar von Anfang bis Ende. Also von neun Uhr dreißig bis elf Uhr."

Walsh und der Constable wechselten einen befremdeten Blick. Damit hatten sie offensichtlich nicht gerechnet. Walsh wandte sich erneut an den Priester: „Sind Sie da auch absolut sicher, Hochwürden?"

Father Brown nickte. „Er saß in der vorderen Bank, daher ist ein Irrtum ausgeschlossen. Mr Garrick war heute Morgen in der Messe. Ich könnte natürlich nicht bei jedem Gemeindemitglied sagen, ob es da war oder nicht, aber Neuzugänge fallen einem natürlich auf."

Detective Inspector Walsh biss die Zähne zusammen: „Sie können gehen, Mr Garrick", sagte er schroff. „Bitte entschuldigen Sie die Unannehmlichkeiten." Widerstrebend reichte er dem jungen Mann die Hand. Der schüttelte sie sichtlich dankbar und nachdem er sich auch überschwänglich bei Father Brown bedankt hatte, verließ er, zusammen mit dem Constable, eiligst das Bureau.

„Da haben Sie mich ja in eine schöne Situation gebracht, Hochwürden. Nun habe ich keinen Mörder mehr."

Father Brown nahm seinen Kneifer ab und putzte die Gläser mit seinem Taschentuch. „Ich bitte um Vergebung, aber ich habe lediglich Ihre Frage beantwortet. Dafür, dass Ihnen die Antwort nicht gefällt, kann ich nichts."

Walsh ließ sich betrübt auf den Stuhl hinter seinem Schreibtisch sinken. „Dieser Fall schien so klar zu sein."

„Vielleicht *zu* klar", entgegnete Father Brown nachdenklich. „Was mir zu denken gibt, ist die blutige Kleidung unter dem Bett."

„Wie meinen Sie das? Was *ist* damit?" Father Brown rückte umständlich den Kneifer auf seiner Nase zurecht. „Nun, vielleicht kommen wir auf Umwegen zum Ziel. Beginnen wir mit dem scheinbar Offensichtlichen: Nehmen wir dafür an, Mr Garrick hätte seinen Vater tatsächlich mit der Axt erschlagen. Was tut er? Er rennt aus dem Zimmer. Warum verlässt er das Haus nicht durch die Tür?"

„Ich weiß zwar nicht, worauf Sie hinauswollen, Hochwürden", erwiderte Walsh, „aber dafür könnte es zwei Gründe geben. Zum einen, weil er damit rechnen muss, unten auf seine Stiefmutter zu treffen."

„Was wäre daran schlimm? Er hat gerade seinen Vater umgebracht und da hat er Angst vor der Stiefmutter?"

„Gut, dann bleibt der zweite Grund: Seine Schuhe und Kleider sind voller Blut. Er muss saubere Sachen anziehen, um auf der Flucht nicht aufzufallen."

„Ganz recht. Und dann muss er so schnell wie möglich aus dem Haus verschwinden, bevor die Polizei kommt. Warum nimmt er sich die Zeit, die blutigen Sachen unter seinem Bett zu verstecken? Dass in dem Haus ein Verbrechen begangen wurde, wird man bald bemerken und ebenso, dass er nicht da ist. Dann wird man auch die Kleider unter dem Bett entdecken. Wozu also? Es kostet ihn nur wertvolle Zeit."

„Und was lässt sich daraus schließen?"

„Vielleicht, dass jemand anders die blutigen Kleider und Schuhe dort deponierte?"

„Wie bitte?"

„Lassen Sie mich diesen Gedanken fortspinnen, Detective Inspector. Wäre nicht auch das Folgende denkbar? Vielleicht haben die bösen Zungen recht und Mrs Garrick hat ihren sehr viel älteren Ehemann *doch* nur wegen des Geldes geheiratet. Was tut sie? Sie ermordet ihn und sorgt gleichzeitig dafür, dass ihr Stiefsohn als der Mörder dasteht. So bleibt nicht nur ihr Vergehen unentdeckt, sondern sie schafft auch den einzigen Mit-Erben aus dem Weg, denn laut Gesetz können Mörder ihre Opfer ja nicht beerben. Sie nimmt, vielleicht schon am Vorabend, ein paar Schuhe und Kleider des Stiefsohnes an sich und versteckt sie. Am Morgen geht sie in das Zimmer ihres Mannes und erschlägt ihn mit der Axt. Dann stürzt sie einige Möbel um, damit es nach einem Kampf aussieht, was den Verdacht auf einen männlichen Täter lenkt. Anschließend taucht sie in das Blut des toten Ehemannes Kleider und Schuhe ihres Stiefsohnes und produziert mit den Schuhen blutige Fußspuren, die bis zu dessen Zimmer im obersten Stockwerk führen. Zu diesem Zeitpunkt nimmt sie an, dass er sich darin befindet. Sie versteckt Kleidung und Schuhe erneut, stürzt aus dem Haus, verschließt es von außen, sodass ihr Stiefsohn es nicht verlassen kann, und holt zwei Constables herbei. Dass sich August Garrick bei deren Betreten auf dem Fensterbrett befindet, ist ein unverhofftes Glück für sie, da es ihn noch verdächtiger macht. Sobald August abgeführt ist, deponiert sie die blutigen Sachen unter seinem Bett, wo sie kurz darauf bei der Durchsuchung des Zimmers gefunden werden."

Walsh starrte Father Brown entgeistert an. Hinter seiner Stirn arbeitete es: „Was für ein teuflisches Verbrechen", sagte er schließlich.

„In der Tat."

„Und so raffiniert. Es hätte funktioniert. Nur wusste sie nicht, dass sich ihr Stiefsohn zu diesem Zeitpunkt nicht im Haus befand. Letztlich ist der Frau ihr strenger Calvinismus zum Verhängnis geworden. Dadurch sah sich der junge Mann genötigt, seine Besuche in Ihrer Kirche vor den Eltern zu verbergen. Wenn August Garrick nicht hätte nachweisen können, dass er zum Zeitpunkt des Mordes bei Ihnen in der Messe war, hätte man ihn zweifellos gehenkt. Ich werde Mrs Garrick unverzüglich festnehmen lassen."

„Ist das nicht ein wenig voreilig?"

„Ich verstehe nicht", stutzte Walsh. „Sagten Sie nicht, dass Mrs Garrick den Mord begangen hat?"

„Nein, ich sagte nur: So könnte es gewesen sein. Wenn ich's recht bedenke, halte ich aber doch August Garrick für den Täter."

„Sie belieben zu scherzen, Hochwürden. Sie selbst sagten doch vor nicht einmal fünf Minuten, dass er unschuldig sei." Father Brown schüttelte sanft den Kopf. „Ich sagte nur, dass er bei mir in der Messe war, ich sagte nicht, dass er unschuldig ist."

„Das ist Wortklauberei", entgegnete Walsh verärgert. „August Garrick hat für die Tatzeit ein Alibi, folglich kann er den Mord nicht begangen haben. Da aber aufgrund der Beschaffenheit des Hauses, in welchem die Garricks leben, niemand anders sich Zutritt verschafft haben kann, ist Mrs Garrick eindeutig als die Täterin überführt. Sie ermordete ihren ungeliebten Ehemann und schaffte sich den lästigen Mit-Erben von Stiefsohn vom Hals."

„Und ich sage, August Garrick ermordete seinen strengen Vater und schaffte sich die lästige Miterbin von Stiefmutter vom Hals. Ich denke, das entscheidende Detail hierbei ist der Zeitpunkt, zu dem der Mord stattfand."

„Stimmt genau. Ich erinnere daher an die Standuhr, die umgestürzt wurde und dabei ihren Geist aufgab und stehen blieb. Um genau zehn Uhr einundfünfzig. Also als August Garrick in der Messe war. Das spricht ihn von jedem Verdacht frei."

„Wer sagt denn, dass die Uhr tatsächlich zum Zeitpunkt des Mordes umgestoßen wurde?"

„Die Uhr ist zu dieser Zeit stehen geblieben."

„Hätte August die Uhrzeit nicht vorgestellt haben können?"

„Aber Mrs Garrick sagte ebenfalls, sie hätte die Uhr um kurz vor elf fallen hören."

„Sehen Sie, Detective Inspector, und genau das verschafft August Garrick ein Alibi. Es war alles bis in Detail geplant. August Garrick erschlägt seinen Vater mit der Axt. Und zwar am frühen Morgen, schon vor Beginn der Messe. Ganz leise, damit seine Stiefmutter nichts hört, legt er die Möbel auf die Seite, als ob ein Kampf stattgefunden hätte. Im Grunde geht es ihm dabei nur um die Standuhr. Er zerstört das Laufwerk und stellt die Zeiger auf zehn Uhr einundfünfzig. Was dann kommt, ist nur eine Vermutung, aber so oder ähnlich muss er es gemacht haben. Er hat die Standuhr schräg an die Wand gelehnt, sodass sie bei der kleinsten Erschütterung umfallen würde. Nun kenne ich nicht den Fahrplan der Straßenbahn auswendig, aber ich weiß, dass sie an Sonntagen erst später den Betrieb aufnimmt und seltener fährt. Ich wäre keineswegs überrascht zu erfahren, dass sie an Sonntagen pünktlich um zehn Uhr einundfünfzig zum ersten Mal das Haus der Garricks passiert. Wie ich schon sagte, bringt dies das ganze Gebäude zum Erzittern. Nicht viel, aber gerade genug, um die Standuhr endgültig kippen zu lassen. Vermutlich hat Garrick das zuvor in einem unbeobachteten Moment getestet. Er lässt die Uhr also so an die Wand gelehnt stehen, be-

sudelt seine Kleidung mit Blut und produziert blutige Fußspuren, die hinauf zu seinem Zimmer führen. Dann wirft
er Schuhe und Kleidung unter sein Bett, zieht sich um,
steigt aus dem Fenster und geht zur Messe, in der er immer
noch gut sichtbar für mich sitzt, als die Erschütterung der
Straßenbahn die Uhr mit großem Krach umkippen lässt
und Mrs Garrick dazu veranlasst, genau das zu tun, was
August geplant hat, nämlich nach dem Rechten zu sehen.
Aus dem, was sie vorfindet, kann sie nur *einen* Schluss ziehen: August hat seinen Vater erschlagen, und das sagt sie
auch der Polizei. Das Geniale ist, dass er es so arrangiert
hat, dass die Person, die ihm, ohne es zu wissen, durch das
Nennen der Urzeit sein Alibi gibt, gleichzeitig die Person
ist, die ihn beschuldigt und die sich genau dadurch selbst
belastet."

Detective Inspector Walsh starrte Father Brown entgeistert
an: „Natürlich, so könnte es gewesen sein", sagte er dann
langsam. „Beide Geschichten ergeben Sinn. Aber warum
entscheiden Sie sich dafür, dass August Garrick der Täter
ist?"

„Eines fand ich von Anfang an seltsam, ich hab ihm nur
keine Bedeutung beigemessen. Ich habe schon des Öfteren
Menschen in der Messe gehabt, die zum ersten Mal kommen und die infolgedessen noch sehr unsicher mit der Litur-
gie sind und viele Fehler machen. Auch bei August Garrick
war es heute Morgen so. Ich konnte es genau sehen."

„Was ist daran so seltsam?"

„Eben *dass* ich es sehen konnte. August Garrick hat sich in
die vorderste Kirchenbank gesetzt. Er musste sichergehen,
dass ich ihn bemerke."

„Und?"

Normalerweise wollen die Neuen eben *nicht,* dass ich es bemerke, darum setzen sie sich ganz nach hinten."

* * *

Der perfekte Mord

„Den perfekten Mord gibt es nicht", stellte Detective Inspector Walsh mit einem Nachdruck fest, der jeden Widerspruch ausschloss, und doch hatte Father Brown das unbestimmte Gefühl, dass dieser Nachdruck vornehmlich dazu dienen sollte, den Sprecher selbst von dieser Aussage zu überzeugen, und enthielt sich daher eines Kommentars. Eines Kommentars, der sich angesichts der Todesumstände des Mannes, an dessen Grab der Detective Inspector und Father Brown standen, geradezu aufgedrängt hätte.

Die Trauerzeremonie lag nur wenige Minuten zurück. Father Brown hatte angesichts der Tatsache, dass, abgesehen von ihm selbst und Walsh, ausschließlich Angestellte des Verstorbenen erschienen waren, eine nur kurze Rede gehalten, die persönliche Dinge aussparte. Ein Leichenschmaus war nicht vorgesehen und so hatten sich die Trauernden – wenn man sie überhaupt so nennen wollte – anschließend schnell verabschiedet.

Detective Inspector Walsh schien sich offensichtlich nicht von dem Grab, vor dem er stand, losreißen zu können. Mit finsterer Miene blickte er auf den schwarzen Sarg hinunter. „Ich habe in meiner Laufbahn schon viele Arten von Verbrechen erlebt, aber so eines noch nicht."

„Darf ich fragen, wie Sie das meinen?", meldete sich Father Brown zu Wort, der interessiert war, die näheren Umstände dieses außergewöhnlichen Mordes zu erfahren.

„Ich werde Ihnen alles erzählen, Hochwürden", antwortete Detective Inspector Walsh mit müder Stimme. „Vielleicht sind *Sie* ja in der Lage, die fehlenden Puzzleteile hinzuzufügen. Ich bin es jedenfalls nicht."

Father Brown legte die Fingerspitzen aneinander. „Ich bin ganz Ohr."

Langsam entfernten sich die beiden Männer von dem Grab und wanderten gemessenen Schrittes über den Kiesweg, der zum Ausgang des Friedhofes führte. „Ich sollte wohl ganz am Anfang beginnen", sagte Walsh. „Wie so oft kannten sich Opfer und Mörder schon zuvor."

„Entschuldigung, wenn ich Sie jetzt bereits unterbreche. Soll das heißen, dass Sie wissen, wer der Mörder ist?"

„So ist es."

„Aber worin besteht dann das Rätselhafte? Im Motiv?"

„Nein, das Motiv ist völlig klar, absolut rätselhaft indes ist … Aber ich will nicht vorgreifen. Also: Vor ziemlich genau elf Jahren hielt der Verstorbene, Lionel Davenport, um die Hand von Miss Celeste Reeves an. Sie erhörte seinen Antrag und man begann mit den Hochzeitsvorbereitungen. Alles schien in bester Ordnung zu sein, bis es sich Davenport nur zwei Tage vor dem festgesetzten Termin anders überlegte. Über die Gründe ist viel spekuliert worden, doch er selbst hat sich nie dazu geäußert. Ich denke aber auch nicht, dass sie hierfür von Belang sind."

„Ein schwerer Schlag für die junge Dame", bemerkte Father Brown.

„In der Tat, und ein ungeheuer rücksichtsloses, wenn nicht

gar niederträchtiges Verhalten von Davenport. Allerdings hat er auch schwer dafür gebüßt. Aber ich greife schon wieder vor. Also, was auch immer die Gründe für Davenports Rückzug gewesen sein mögen, die so öffentlich verschmähte und gedemütigte Celeste Reeves tat nicht, was wohl viele junge Frauen an ihrer Stelle getan hätten, sie zog sich nicht ins stille Kämmerlein zurück, um sich die Augen auszuweinen, nein, sie tat etwas sehr Ungewöhnliches: Einige Tage später betrat sie das ‚Goldene Lamm‘, in dem Lionel Davenport jeden Tag seine Mittagsmahlzeit einzunehmen pflegte, baute sich vor ihm auf und schwor ihm feierlich Rache. Sie würde nicht eher ruhen, bis sie ihn getötet hätte. Sprach's, machte auf dem Absatz kehrt und verließ hoch erhobenen Hauptes die Gaststätte. Mehrere Kellner und andere Speisegäste haben diesen Vorfall bestätigt. Nun werden natürlich täglich so manche Drohungen ausgestoßen, aber als Polizist kann ich Ihnen sagen, bei den Menschen ist es zumeist nicht anders als bei den Hunden …“

„Hunde, die bellen, beißen nicht?“

„So ist es meistens. Sehr oft sind Drohungen nur ein Bluff. Oder auch nur Wunschdenken. Man würde gern, scheut aber natürlich die unerquicklichen Konsequenzen, die es für einen selbst mit sich brächte. Meistens möchte man nur seinem Herzen Luft machen und oft ist der Zorn auch alsbald verraucht und im klaren Licht des nächsten Tages sieht schon alles weit weniger dramatisch aus. Und noch etwas hab ich im Laufe der Jahre gelernt: Je dramatischer die Drohung, desto unwahrscheinlicher ist es, dass sie wahr gemacht wird. Die Ankündigung, jemanden zu verklagen, ist für gewöhnlich ernster zu nehmen als die, jemanden umzubringen. Aber das wissen Sie wahrscheinlich alles selbst, im

Grunde weiß es jeder. Umso ungewöhnlicher ist es, dass Davenport von dieser Drohung offenbar bis ins Mark erschüttert wurde. Auch hier kann ich nur spekulieren, weshalb er diese Drohung der jungen Dame so ernst nahm. War er schon zuvor ein besonders ängstlicher Mensch? Möglich, obwohl ich niemanden gefunden habe, der mir das bestätigt hat. Oder kannte er Celeste Reeves gut genug, um zu wissen, dass sie es todernst meinte? Einer der bei diesem Vorfall anwesenden Kellner berichtete mir, dass Davenport einige Minuten wie vom Schlag getroffen stumm dagesessen hätte und dann eiligst, ohne seine Mahlzeit beendet zu haben, das Gasthaus verließ. Und obwohl er dort seit vielen Jahren täglich gespeist hatte, ist er von diesem Tag an niemals wieder dort eingekehrt. – Noch sonst irgendwo. Von Stund an zog er sich völlig zurück. Er verließ sein Anwesen nicht mehr und schickte nur noch die Angestellten aus, um Besorgungen zu machen. Doch das war nur der Anfang. Bald musste er feststellen, dass Celeste Reeves zu allen möglichen Tag- und Nachtzeiten um sein Anwesen herumstrich, ganz so, als warte sie auf eine günstige Gelegenheit, ihre Drohung wahr zu machen. Sie tat das ganz offen. Meistens zumindest. Doch es soll mehrere Gelegenheiten gegeben haben, bei denen sie, mehr durch Zufall, vom Dienstpersonal aus der Ferne entdeckt worden ist, wie sie sich hinter einem Baum oder Busch verbarg und das Anwesen beobachtete. Auf Davenport schien das eine fatale Wirkung zu haben. Schnell wurde sein Verhalten immer extremer: Er baute sein ganzes Grundstück zu einer Festung aus. Er ließ eine hohe Mauer um das ganze Anwesen herum errichten, die Mauern des Hauses verstärken und Eisengitter an jedem noch so kleinen Fenster anbringen. Die Türen wurden mit schweren

Riegeln und zusätzlichen Eisenbändern versehen. Besucher wurden nicht mehr vorgelassen, ja selbst das Personal durfte selbst bei einem nur kurzzeitigen Verlassen des Hauses, es nicht eher wieder betreten, bis es die täglich wechselnde Geheimparole genannt hatte. Auch vier blutdürstige Dobermänner legte sich Davenport zu, von denen drei Tag und Nacht draußen waren und frei im Garten umherstreiften, während der vierte sich zu seinem persönlichen Schutz immer in seiner Gegenwart befand. Des Weiteren trug Davenport stets zwei geladene Revolver bei sich. Nachts schloss er sich in sein ebenfalls aufwendig gesichertes Schlafgemach ein. Ja schließlich ließ er seinen Diener jegliches Nahrungsmittel bis zum einfachen Glas Wasser vorkosten, da er panische Furcht davor hatte, vergiftet zu werden."

„Du meine Güte", entfuhr es Father Brown. „Man möchte sich beinahe fragen, ob ein plötzlicher Mordanschlag, der aber vielleicht nie eintritt, einem solchen Leben nicht sogar vorzuziehen wäre."

„In der Tat. Dennoch kann ich als Polizist nicht leugnen, dass all dies für eine Person, die fürchtet, ermordet zu werden, überaus sinnvolle, ja ich möchte fast sagen narrensichere Maßnahmen sind. Als einzige Schwachpunkte könnte man das Dienstpersonal betrachten, doch das war schon vor Davenports Geburt bei seinen Eltern angestellt und gehörte praktisch zur Familie. Sie selbst, Hochwürden, haben während der Trauerzeremonie zweifellos bemerkt, dass diese Leute alle ehrlich erschüttert waren. Abgesehen davon hätten sie vom Tod ihres Brotherrn auch nichts zu gewinnen. Im Gegenteil, sie werden es schwer haben, nun irgendwo unterzukommen, wer stellt schon so altes Personal ein? Nein, die Möglichkeit, dass Davenports Personal etwas mit seinem Tod zu tun hat, schließe ich aus." Er verfiel in ein nachdenkliches Schweigen.

„Aber dennoch wurde Lionel Davenport ermordet", versuchte der Priester den Detective Inspector zum Weitersprechen zu animieren.

„So ist es", bestätigte dieser in einem etwas seltsamen Ton. „Vor etwa fünf Monaten wurde Davenport von seltsamen Krankheitssymptomen befallen, die ihm schwer zu schaffen machten. Er fühlte sich elend und kraftlos, magerte immer mehr ab. Zunächst hielt er es für eine natürliche Krankheit. Unter großen Sicherheitsvorkehrungen suchte er schließlich einen Arzt auf und als der ihm nicht helfen konnte, zwei oder drei weitere. Keiner konnte ihm helfen. Mittlerweile ging es immer weiter bergab mit ihm und er musste seine ohnehin wenigen Tätigkeiten noch weiter einschränken. Selbst seinen geliebten täglichen Rundgang im Garten, sein letztes Relikt eines halbwegs normalen Lebens, musste er nach und nach immer weiter reduzieren und schließlich ganz aufgeben. Eines Tages überbrachte ihm sein Diener eine schockierende Nachricht: Celeste Reeves hatte ihn auf der Straße angesprochen und ihm unverblümt zu verstehen gegeben, dass sie Lionel Davenport mit einer seltenen Substanz vergiftet habe, gegen die es kein Gegenmittel gäbe und die unfehlbar zu seinem langsamen, qualvollen Tod führen würde." Detective Inspector Walsh verfiel einige Momente in tiefes Grübeln, bevor er fortfuhr. „An dieser Stelle erheben sich für mich zwei Fragen. Erstens: Wie hat sie es geschafft, trotz der erheblichen Sicherheitsvorkehrungen, Davenport dennoch zu vergiften? Und zweitens: Warum gab sie es offen zu? Für gewöhnlich ist ein Mörder doch darauf bedacht, unerkannt davonzukommen. Und das wäre Celeste Reeves auch gelungen, wenn sie nicht Davenports Diener freiwillig von ihrer Tat erzählt hätte. Natürlich erstattete Davenport sofort Anzeige. Wir vernahmen den Diener, der auch uns gegenüber Miss Reeves' Bekenntnis bestätigte. Nun verhörten wir Miss Reeves selbst. Ich erwartete selbstverständlich, dass sie alles ableugnen würde, und in diesem Fall hätte ihre Aussage gegen die des Dieners gestanden. Ein Mann, der im Übrigen schon recht betagt ist, was den einen oder anderen Richter oder Geschworenen auf den Gedanken bringen könnte, dass sich der alte Herr verhört oder alles falsch verstanden habe. Ich möchte behaupten, dass Miss Reeves hervorragende Aussichten auf einen Freispruch gehabt hätte. – Falls es überhaupt zu einem Prozess gekommen wäre. Doch stattdessen gab sie bei uns zu Protokoll, dass sie schuldig sei. Doch damit waren die Außergewöhnlichkeiten noch nicht zu Ende. In der Tat war Miss Reeves' Geständnis das seltsamste, das ich je hörte. Üblicherweise versucht ein gefasster Täter, das Strafmaß so gering wie möglich zu halten. Zum Beispiel, wenn ein Bankräuber der Polizei verrät, wo er die Beute versteckt hat oder wer seine Komplizen sind. So etwas wirkt sich zumeist strafmildernd aus. Wenn der Täter mit solchen Informationen nicht aufwarten kann, zum Beispiel weil es keine Beute gibt oder keine Komplizen, wird er versuchen, sich reumütig zu geben. Auch das kann vor Gericht hilfreich sein. Doch nichts von alledem. In all den Monaten, in denen Miss Reeves nun in Haft ist, weigerte sie sich nicht nur, uns zu verraten, was für ein Gift sie Lionel Davenport verabreicht hat, eine Aussage, die ihn möglicherweise noch hätte retten können und die Anklage von Mord auf schwere Körperverletzung reduziert hätte, nein, sie schwieg auch darüber, wie sie es vollbracht hatte, sämt-

134

liche Sicherheitsvorkehrungen zu umgehen. Und als sei dies noch nicht genug, gab sie zu Protokoll, dass sie nichts bereue und sich auf Lionel Davenports bevorstehenden Tod freue. Die Todesstrafe ist ihr gewiss." Er seufzte. „Ich kann mich wirklich nicht entsinnen, je einen rätselhafteren Fall gehabt zu haben."

„Ach wirklich?" Father Brown sah ihn überrascht an. „Jede Tat von Miss Reeves mag für sich genommen ein Rätsel sein, doch wenn man alles zusammen betrachtet, dann wird jedes dieser Rätsel zu einer Antwort auf die anderen Rätsel."

„Ich kann nicht von mir behaupten, dass ich das begreife, Hochwürden", brummte Walsh. „Warum hat sie ihre Tat sofort gestanden? Und das, obwohl sie keine Reue empfindet?"

„Weil es ihr ungeheuer wichtig war, dass Lionel Davenport wusste, wem er seinen Tod zu verdanken hat."

„Das wusste er bereits, sie hat seinen Diener mit dieser Botschaft betraut."

„Gewiss. Doch was dann? Davenport erstattet Anzeige, Miss Reeves wird von der Polizei vernommen. Hätte sie nun alles abgeleugnet, hätte man sie angesichts des Umstandes, dass man ihr die Tat ansonsten nicht nachweisen kann, da sie ja im Grunde unmöglich auszuführen ist, auf freien Fuß setzen müssen, und Davenport wäre davon ausgegangen, dass es sich bei ihrem Geständnis gegenüber seinem Diener lediglich um einen üblen Scherz gehandelt hätte. Nein, sie musste bei ihrem Geständnis und in Haft bleiben, wenn sie sicher sein wollte, dass Davenport sie als Verantwortliche seines nahenden Todes erkannte. Und überdies legte sie Wert darauf, dass er wusste, dass sie sich darüber freute. Das war ihr das Wichtigste. Nur so war ihre Rache vollkommen, dass Davenport einfach nur starb, war ihr nicht genug."

„Gut, das erklärt Miss Reeves' Geständnis und ihre unkluge Entscheidung, keine Reue zu zeigen. Aber woran ist Davenport gestorben?"

„Das weiß ich nicht."

„Gut, ich vermag wohl zu begreifen, dass Miss Reeves uns nicht gesagt hat, um was für ein Gift es sich handelte. Wenn es überhaupt eines war. Sie wollte damit etwaige ärztliche Behandlungsversuche sabotieren, aber …"

„Viel interessanter finde ich die Frage, wie Miss Reeves ihre Tat ausgeführt hat", unterbrach ihn der Priester sanft.

„In der Tat, da man dem armen Davenport nun ohnehin nicht mehr helfen kann, ist das die *eigentliche* Frage. Nach menschlichem Ermessen war es unmöglich. Davenport hielt sich ausschließlich auf seinem Anwesen auf, empfing nie Gäste, hatte vertrauenswürdiges Personal, und der wahrscheinlich wichtigste Punkt: Der Diener kostete in Davenports Anwesenheit alles vor und *er* erfreut sich nach wie vor bester Gesundheit. Wie also, um alles in der Welt, konnte sie ihn vergiften?"

Father Brown lächelte geduldig. „Wie ich schon sagte: Die Rätsel sind zugleich die Antworten auf die anderen Rätsel. Warum weigerte sich Miss Reeves, dazu etwas auszusagen, *wie* sie es gemacht hat? Hätte es Lionel Davenport nicht weitere Qualen bereitet, wenn sie ihm verraten hätte, mit welch raffiniertem Trick sie seine ausgeklügelten Sicherheitsmaßnahmen umgangen hat?"

„Das nehme ich doch an."

„Eben. Dass sie dennoch schwieg, kann für mich nur eins bedeuten: Sie hatte dazu nichts zu sagen. Davenports Vorkehrungen waren – Sie sagten es selbst, Detective Inspector – narrensicher. Unüberwindlich. Auch für Celeste Reeves."

„Aber wie konnte sie es dennoch tun?"

„Nun, das liegt doch auf der Hand: gar nicht. Celeste Reeves war voller Hass. Ohne Unterlass beobachtete sie sein Anwesen und wartete auf eine Gelegenheit, ihn zu töten. Doch es gab einfach keine. Dann irgendwann entdeckt sie, dass Davenport bei seinen Gartenspaziergängen schlecht aussieht, dass er immer dünner und kränker wird. Er sucht einen Arzt auf. Sie folgt ihm. Er sucht zwei weitere Ärzte auf. Sie folgt ihm. Sie schließt daraus zwei Dinge: Davenport hat eine sehr schwere Krankheit und die Ärzte sind nicht in der Lage, ihm zu helfen. Nun erkennt sie eine goldene Gelegenheit, doch noch ihre Rache zu bekommen. Davenport wird sterben. Dass sie dies nicht verursacht hat, ist bedeutungslos, solange er nur *glaubt*, dass es so ist. Dafür tut sie alles, selbst wenn es sie ins Gefängnis bringt. Es spielt für sie keine Rolle. Davenport wird sterben in dem Bewusstsein, dass *sie* ihn ermordet hat. *Das* ist ihre Rache."

„Das ist fürwahr teuflisch raffiniert."

„Fürwahr. Aber es ist dennoch genau, wie Sie sagten, Detective Inspector: *Den perfekten Mord gibt es nicht.* Was Miss Reeves tat, war durchaus perfekt. Nur gab es keinen Mord."

* * *

Der Teufel von Dublin

Es würde wohl eines überaus gründlichen Nachdenkens bedürfen, wollte man sich eines Falles entsinnen, bei dem Father Browns Wirken einen nur entfernt ähnlich großen Schaden angerichtet hat. Gerechterweise würde man jedoch hinzufügen müssen, dass dieser Schaden eher von mathematischer denn von moralischer Natur war. Es mag übertrieben sein, die Mathematik und überhaupt die Wissenschaft einerseits und die Moral andererseits als Feinde zu sehen, aber Freunde sind es auf keinen Fall. Mithilfe der Wissenschaft sind schon die unmoralischsten Werke vollbracht worden und je mehr wissenschaftliches Denken in sie eingeflossen ist, desto erfolgreicher waren sie oft in ihrem unmoralischen Ergebnis.

Bei den hier vorliegenden Ereignissen löste Father Brown ein Problem, das vor seiner Lösung gar nicht existiert hatte, und schuf dafür mehrere neue, von denen niemand weiß, ob sie je zu lösen sein werden. Dennoch darf man seine Einmischung getrost als gerechtfertigt, wenn nicht gar als segensreich betrachten.

Father Brown hatte schon lange vorgehabt, Dublin, diesen katholischsten aller Orte des Vereinigten Königreichs, zu besuchen, es jedoch immer wieder aufgeschoben. Nun hatte er es endlich ins Werk gesetzt und fast könnte man meinen, dass hinter der jahrelangen Aufschieberei und dem Warten auf den richtigen Zeitpunkt ein verborgener göttlicher Plan gesteckt habe, denn kaum war Father Brown am ersten Morgen aus seinem billigen Hotel getreten, war er seinem alten Freund, Detective Inspector Maddox von der Dubliner Polizei, in die Arme gelaufen. Die beiden hatten sich seit Jahren nicht gesehen, aber dennoch sofort erkannt, wobei Maddox derartig erfreut war, dass er darauf bestanden hatte, Father Brown die mannigfaltigen Sehenswürdigkeiten Dublins höchstselbst als Führer näherzubringen. Den Vormittag hatten sie mit dem Besuch der St. Patricks Kathedrale und der ehrfurchtsgebietenden Bibliothek im Trinity College verbracht, alsdann hatte Maddox Father Brown zum Merrion Square Park geführt und ihm all die Türen an den Häusern gezeigt, die nicht in gleichförmigem Schwarz gestrichen waren, sondern in den unterschiedlichsten bunten Farben, und die ebenfalls als ein Wahrzeichen Dublins galten.

„Warum sind die Türen so bunt?", fragte Father Brown mit kindlicher Neugierde.

„Nun, darüber gibt es verschiedene Theorien", antwortete Maddox. „Manche sagen, dass es einfach daran liegt, dass in Dublin jede Kleinigkeit beim Hausbau gesetzlich genau festgelegt ist, nur nicht die Farbe der Türen, und dass den irischen Hausbesitzern kein anderer Weg bleibt, sich von ihren Nachbarn zu unterscheiden. Möglich, dass es so ist, aber langweilig. Schon besser gefällt mir die Geschichte, dass anlässlich des Todes von Queen Victoria befohlen wurde, alle Türen schwarz zu streichen, und dass die stolzen

Dubliner sich dagegen auflehnten und sie trotzig bunt strichen. Meine Lieblingstheorie ist jedoch die folgende: Wir Iren sind bekanntlich berühmt für unsere Trunksucht und viele von uns verbringen jeden Abend im Pub und kommen so betrunken zurück, dass wir unter all den gleich aussehenden Häusern das unsere nicht finden würden. Darum sind die Ehefrauen dazu übergegangen, jeder Tür eine andere Farbe zu geben, sodass ihr Mann nur das Haus mit der roten, blauen oder gelben Tür finden muss. Einige ungezogene Frauen allerdings sollen den Spieß umgedreht haben und ihre Ehemänner die ganze Nacht ihr Haus suchen lassen. Sie konnten es nicht finden, denn ihre Frauen hatten, während der Abwesenheit der Männer, die Tür in einer anderen Farbe gestrichen. Der Mann suchte die ganze Nacht nach der roten Tür und klopfte dabei immer nur an die falschen." Maddox lächelte hintergründig. „Ist das nicht eine wunderbare Geschichte? Sie ist nicht nur amüsant, sondern sie hat auch eine philosophische Seite."

„Inwiefern?", erkundigte sich Father Brown.

„Nun, begehren wir nicht alle oft Einlass bei den falschen Türen, nur weil sie für uns richtig aussehen?"

„Durchaus", entgegnete Father Brown, „doch das größere Problem in dieser Geschichte, wie auch im wirklichen Leben, scheint mir eher zu sein, dass wir nicht durch die *richtige* Tür gehen, weil sie wie die falsche aussieht."

Maddox hatte nachdenklich ausgesehen, als er sodann zu unaufschiebbaren Verpflichtungen aufgebrochen war, nicht jedoch ohne Father Brown für den Abend an *einen ganz besonderen Ort*, wie er zweimal betonte, eingeladen zu haben.

Das etwas krumme Häuschen ganz am Ende der Straße, dem sich Father Brown infolgedessen nun im abendlichen

Schein der Straßenlaternen näherte, war ganz gewiss nicht der schönste Pub von Dublin, auch nicht der größte oder eleganteste, und das Bier schmeckte dort nicht ein Jota besser als irgendwo sonst, dennoch wies dieser Pub, mit dem Namen *Die grüne Harfe*, diese eine Besonderheit auf, die Maddox veranlasst hatte, ihn dorthin einzuladen: Er war nämlich als eine Art inoffizielles Hauptquartier der Polizisten von Dublin bekannt und Father Brown mit seiner Schwäche für alles Kriminelle hatte mit Freude zugestimmt.

Ausgelassener Lärm schlug ihm entgegen, als er die alte, schwere Eichentür aufdrückte, und wenn die meisten Polizisten nicht ihre Uniform – wenn auch da und dort mit gelockertem Kragen – getragen hätten, wäre niemand auf den Gedanken verfallen, dass es sich hier um solche handeln könne. Weißer Qualm aus Pfeifen und Zigarren hing schwer in der Luft, es war genau die richtige Mischung von Licht und Dunkel, die einen Raum gemütlich und vertraut wirken lässt, und an den zahlreichen Tischen und an der Bar herrschte gutmütige Fröhlichkeit.
Father Brown blieb an der Tür stehen, kniff die Augen hinter seinem Zwicker zusammen und hielt in all dem Gewimmel, Gerufe und Geproste Ausschau nach seinem Freund Maddox. Doch bevor er ihn ausmachen konnte, hatte dieser bereits *ihn* entdeckt und machte mit weit ausholenden Winkbewegungen auf sich aufmerksam. Father Brown entdeckte ihn an einem runden Tisch stehend, um den herum weitere Polizisten saßen und standen und lachend durcheinanderriefen. Unter sanfter Verwendung seines knubbeligen Regenschirms bahnte er sich einen Weg durch die wogende Menge und kam gerade zurecht, um zu sehen, wie

ein Polizist mit einem schneidigen schwarzen Schnurrbart auf einen Stuhl sprang, wohl eben im Begriff, eine Rede zu halten, dann jedoch durch das unerwartete Auftauchen eines Geistlichen augenscheinlich dermaßen überrascht war, dass er mitten in der Bewegung innehielt und beinahe das Gleichgewicht verloren hätte. Auch die Fröhlichkeit der anderen Polizisten versiegte mit einer Plötzlichkeit wie Tee in einer Tasse, in die jemand ein Loch geschossen hat.

„Lassen Sie sich durch mich nicht stören, meine Herren", sagte Father Brown schüchtern. „Ich komme in Frieden und bin rein privat hier."

„Father Brown ist ein guter Freund von mir", rief Maddox lachend in die Runde, bevor er sich an diesen wandte. „Police Constable O'Reilly wollte soeben einen Priesterwitz erzählen, aber nun hat ihn wohl Ihre Anwesenheit verschreckt, Hochwürden." Father Brown lächelte dem Mann, der auf dem Stuhl stand, freundlich zu. „Völlig unnötig. Von *Du darfst keine Priesterwitze erzählen* steht nichts in den Zehn Geboten. Ich kann es kaum erwarten, ihn zu hören."

Er rieb sich erwartungsvoll die Hände und ebenso schnell, wie die gute Stimmung verschwunden war, kehrte sie zurück. Father Brown wurde als vollwertiges Mitglied der Tafelrunde aufgenommen, was durch herzhaftes Geproste und noch herzhafteres Biertrinken eindrücklich besiegelt wurde.

„Also: Drei Priester …", begann Constable O'Reilly.

„Nein, nicht drei Priester. Ein Priester, ein Pastor und ein Rabbi!", rief einer der anderen Polizisten am Tisch, ein kleiner runder Mann, dessen braune Schnurrbartspitzen schlaff nach unten hingen, was ihm ein etwas bäuerliches Aussehen verlieh, der jedoch den Rangabzeichen an seiner Uniform nach ein Detective Inspector wie Maddox war.

„Ja gut, dann so", fuhr O'Reilly fort. „Ein Priester, ein Pastor und ein Rabbi unterhalten sich darüber, wie sie die Kollekte zwischen sich und Gott aufteilen. Jeder hat eine andere Methode und …"

„… ist egal! Der Priester …", warf der dicke Polizist mit dem hängenden Schnurrbart ungeduldig ein. Offenbar war ihm O'Reillys Erzähltempo zu behäbig.

„… der Priester", fuhr dieser mit einem verärgerten Seitenblick fort, „sagt: Ich nehme zwei Drittel des Geldes, zeichne auf dem Kirchhof einen ein Fuß breiten Kreis in den Sand, werfe das Geld hoch in die Luft und alles, was *außerhalb* des Kreises landet, ist für Gott. Darauf der Pastor: Ich mache es so ähnlich: Ich zeichne auf dem Kirchhof einen ein Fuß breiten Kreis in den Sand, werfe das Geld hoch in die Luft und alles, was *innerhalb* des Kreises landet, ist für Gott."

„Genau, aber der Pastor nimmt nur *ein* Drittel des Geldes." Den Dicken hielt es vor Aufregung kaum noch auf seinem Stuhl.

„Ja richtig", murmelte O'Reilly ärgerlich. „Aber weiter: Darauf der Rabbi: Was seid ihr doch für Geizhälse gegenüber dem Herrn. Ich nehme das *gesamte* Geld, werfe es hoch in die Luft und rufe: …"

„Behalt, so viel du willst!", brüllte der Dicke die Pointe heraus, woraufhin alle Anwesenden einschließlich Father Brown in lautes Gelächter ausbrachen. Nur Police Constable O'Reilly warf während des Heruntersteigens von seinem Stuhl dem dicken Pointenräuber einen etwas scheelen Blick zu. Doch schon sprang einer der anderen Männer auf, um den nächsten Witz zu erzählen. Maddox ergriff Father Brown am Arm und bugsierte ihn sanft zu einem soeben frei gewordenen Tisch in einer Ecke des Lokals. Nachdem sich

Father Brown ein Glas Milch und Maddox ein Bier bestellt hatten, lehnte sich dieser verschwörerisch grinsend über den Tisch. „Nun, wie gefallen Ihnen meine Kollegen?" Und ohne eine Antwort abzuwarten, fuhr er fort: „Ich habe Sie ja nicht eingeladen, um sich Witze anzuhören, sondern um Ihnen den erfolgreichsten Polizisten von Dublin zu zeigen. Er befand sich auch an dem Tisch von eben. Vermögen Sie wohl zu erraten, wer es ist?"

Langsam glitt Father Browns prüfender Blick über die Gesichter der Männer. So wie sie da tranken und lachten, war es sehr schwer, sich vorzustellen, wie sie wohl im Alltag als ernsthafte Polizeibeamte ihren Dienst taten, und schließlich gab er auf. „Ich muss gestehen, ich komme nicht drauf."

Maddox lachte zufrieden. „Es ist auch sehr schwer. Es handelt sich um Detective Inspector Bromley." Und er zeigte auf den dicken Polizisten mit dem bäuerlichen Schnurrbart, der Constable O'Reilly mehrfach in seinem Witz gestört hatte. „Den hätte ich als Letzten dafür in Betracht gezogen", gab Father Brown zu. „Es zeigt sich wieder einmal, dass man nicht aus dem Äußeren eines Mannes auf sein Inneres schließen sollte."

„Das trifft wohl zu", entgegnete Maddox, „und für manche Verbrecher mag ihr harmloses Aussehen geradezu eine Tarnung sein, aber Inspector Bromley kann das nicht täuschen. Er sieht den Menschen ihre Verbrechen geradezu an der Nasenspitze an. Ganz so, als könne er tief in ihr Inneres sehen. Wer ihm erst einmal im Verhörzimmer gegenübersitzt, tut gut daran, alles rückhaltlos zu gestehen und reinen Tisch zu machen, denn über kurz oder lang wird Inspector Bromley ohnehin alles entdecken. Manche nennen ihn den Großinquisitor, doch natürlich greift er nicht auf mittelalterliche

Methoden wie Streckbänke und glühende Kneifzangen zurück – das wäre auch gar nicht erlaubt –, sondern es ist sein messerscharfer Blick, mit dem er jeden Widerspruch, jede noch so kleine Ungereimtheit in der Aussage des Verdächtigten erkennt und aufdeckt. Auf diese Weise hat er schon eine ganze Reihe von Verbrechen aufgeklärt, die man zuvor als *unlösbar* zu den Akten legen musste."

„Großartig!" Father Brown hob sein Milchglas. „Auf Inspector Bromley! Er muss sehr beliebt im Revier sein."

Maddox verzog das Gesicht. „Nicht so sehr, um ehrlich zu sein. Der Mann ist ein Einzelgänger und maßlos ehrgeizig. Sie haben ja gesehen, wie er dem armen O'Reilly seinen schönen Witz verdorben hat, indem er ihm immer ins Wort fiel und ihm am Ende noch die Pointe stahl."

„Gut, der Mann hat Temperament. Wenn das schon sein größter Fehler sein soll …"

„Eben nicht. Ich behaupte: Bei aller Genialität und allem psychologischen Scharfblick, ohne die minutiös geführten Fallakten, welche die Kollegen jeweils zuvor angelegt hatten, wäre es auch Sergeant Bromley nicht möglich gewesen, so erfolgreich zu sein. Den Triumph aber streicht er immer ganz alleine ein. Ohne Zweifel wird er schon sehr bald zum Chief Inspector befördert werden, obwohl einige von uns bereits sehr viel länger dabei sind und vor ihm dran wären." Maddox stürzte verärgert einen großen Schluck Bier hinunter.

Father Brown lächelte. „Dann haben wir es ja hier mit gleich vier Todsünden zu tun. Und das in einem Polizeirevier."

„Bromley hat vier Todsünden begangen? Welche meinen Sie?"

„Der gute Detective Inspector hat nur zwei begangen: Stolz und Gier, die anderen beiden Todsünden gehen auf das

Konto der Kollegen: Trägheit und Neid. Sieht mir ganz nach einem ausgewogenen Verhältnis aus."

Maddox blickte beschämt auf die Tischplatte. „Jetzt haben Sie mich erwischt. Und Sie haben recht. Wir sollten uns alle gemeinsam über Inspector Bromleys Erfolge freuen, denn letztlich kommen sie ja allen zugute."

„Wir sind alle kleine Sünder", winkte Father Brown ab, „doch nun brenne ich darauf, von einem der unlösbaren Fälle zu hören, die Inspector Bromley am Ende doch noch aufklären konnte."

Maddox kratzte sich am Kopf. „Gern. Lassen Sie mich nachdenken, da gibt es so einige." Er überlegte eine Weile. „Gut, ich will Ihnen von einem Fall berichten, den Bromley erst vor einigen Tagen gelöst hat, er ist mir noch am besten in Erinnerung, und überdies ist er nicht nur besonders erstaunlich, sondern auch besonders schrecklich."

Father Brown nahm einen Schluck aus seinem Milchglas. Sein rundes Gesicht war leicht gerötet und seine Augenlider klimperten aufgeregt. „Ich bitte höflichst darum."

„Nun gut, aber ich habe Sie gewarnt. Es ist wirklich grauenhaft, was ich Ihnen zu berichten habe." Maddox räusperte sich. „Nun gut, Sie selbst sagten es ja bereits: Man kann nicht vom Äußeren eines Menschen auf sein Inneres schließen. Dies ist so ein Fall, der das in geradezu groteskem Ausmaß veranschaulicht. Es geht um einen Mann namens Seamus Burke. Der Bursche ist sein ganzes Leben ein Verbrecher gewesen. Wie auch schon alle seine Vorfahren. Mit Ladendiebstahl hat es bei ihm angefangen, später wandte er sich dem lukrativeren Taschendiebstahl zu und als er dafür zu alt wurde – denn Sie müssen wissen, dass dies ein Geschäft für junge Leute ist, die noch schnell und wendig sind –, verlegte er sich

146

auf Hauseinbrüche und speziell auf das Öffnen von Geld-schränken. Er wurde mehrmals verhaftet und verbüßte drei oder vier Haftstrafen im Kilmainham-Gefängnis. Strafmil-dernd wurde ihm zugutegehalten, dass er niemals ein Opfer verletzt oder gar getötet hatte, und so waren die ersten Urteile reichlich milde – *zu* milde, wenn Sie mich fragen, denn wenn man ihn schon früher … doch ich will nicht vorgreifen. Beim letzten Male also geriet er an den falschen Richter – oder besser gesagt: an den richtigen – und er wurde als unverbes-serlich eingestuft. Er bekam fünfzehn Jahre aufgebrummt, die er allerdings nicht zur Gänze absitzen musste. Dennoch war er, als er entlassen wurde, bereits etwa sechzig Jahre alt. Und wie so viele Verbrecher hat er im Alter zu Gott gefunden. Sie kennen das ja sicher."

Father Brown nickte bedächtig. „Oh ja, im Alter werden die größten Sünder noch gläubig."

„Ganz besonders, wenn es hilft, den Behörden vorzugau-keln, dass man ein anderer Mensch geworden sei, und drauf hofft, wegen guter Führung vorzeitig entlassen zu werden", erwiderte Maddox mit bitterem Spott. „Es mag ja Fälle ge-ben", fuhr er fort, „in denen sich Menschen tatsächlich zum Guten geändert haben, aber glauben Sie mir, lieber Freund, meine Erfahrung ist: Verbrecher bleibt Verbrecher, das wird Ihnen jeder Polizist bestätigen."

Father Brown lächelte demütig „Und meine Erfahrung ist, jeder Mensch kann sich ändern und viele tun es auch, das kann Ihnen jeder Priester bestätigen."

Maddox lachte laut auf. „Wenn es nach euch Priestern gin-ge, säße wahrscheinlich niemand im Gefängnis. Selbst die schlimmsten Mörder würden ein paar Vaterunser und ein paar Ave Maria beten und alles wäre vergeben."

„Und wenn es nach euch Polizisten ginge, würden wir alle im Gefängnis sitzen und nie wieder rauskommen."

Maddox hob sein Bierglas: „Ein Hoch darauf, dass es nicht nur Priester und Polizisten gibt!"

Father Brown erhob sein Milchglas: „Darauf stoße ich gerne an."

Die Gläser klirrten und Maddox wischte sich gutgelaunt den Bierschaum von den Lippen: „Doch zurück zu Seamus Burke: Also, der Mann schien religiös geworden zu sein und verbrachte seine ganze Zeit damit, zu beten, zu beichten und in der Bibel zu lesen. Die verantwortlichen Personen ließen sich davon täuschen und ..."

„Woher wissen Sie, dass es nicht echt war?", unterbrach ihn Father Brown bescheiden.

„Das sollen Sie sofort zu hören bekommen, einen Augenblick Geduld bitte noch. Also, wo war ich?"

„Die Verantwortlichen ließen sich täuschen und ..."

„Richtig ... und Burke wurde drei Jahre vor Ende seiner Haftzeit entlassen. Zunächst schien auch alles in Ordnung zu sein: Burke fand eine Anstellung als Hilfsarbeiter in einer Tischlerei, ging jeden Sonntag in die Kirche und führte offenbar ein anständiges Leben, das zu den besten Hoffnungen berechtigte und unser mildes Strafvollzugsystem zu rechtfertigen schien. Auch auf seinen Sohn schien er einen so guten Einfluss zu nehmen, dass es diesem tatsächlich als erstem in der Burke-Sippe gelang, einen rechtschaffenen Beruf zu ergreifen und eine Lehre in einem der angesehensten Bankhäuser von Dublin zu beginnen."

„Oh, ich ahne bereits, wie es endet", bemerkte Father Brown mit einem Anflug von Kummer.

„Bei aller Hochachtung vor Ihrem bekannten kriminalistischen Gespür, lieber Freund, Sie ahnen ja nicht einmal die Hälfte, ja nicht einmal ein Zehntel dessen, was sich dann ereignete."

Lautes Gelächter am Nebentisch brachte Maddox für einen Augenblick aus dem Konzept, dann hatte er sich wieder gesammelt und fuhr fort: „Alles schien in schönster Ordnung zu sein, bis vor ziemlich genau zwei Monaten, als der Direktor der Bank, Sir Bernard Wynne, der über jeden Zweifel erhaben ist, eines Morgens entdecken musste, dass der Tresor über Nacht geleert worden und ein beträchtlicher Geldbetrag – über die genaue Summe darf ich nicht sprechen, aber sie war in der Tat überaus hoch – verschwunden war. Der Fall wurde Detective Inspector Bromley zugeteilt, der sogleich die Ermittlungen aufnahm."

Father Brown warf einen Blick zu dem Tisch hinüber, an dem Bromley saß und sich gerade den Bauch vor Lachen hielt. Wie ein Spürhund wirkte er nicht gerade.

„Sehr schnell fallen Bromley einige interessante Details auf: Keine einzige Tür und kein Fenster in der Bank wurde beschädigt. Es gibt also nur zwei Möglichkeiten: Entweder muss der Dieb ein Meister im Knacken von Schlössern sein, das kann aber praktisch ausgeschlossen werden, denn alle Außentüren der Bank verfügen über besonders schwer zu überwindende Schließvorrichtungen, was von Seiten des Einbrechers einen hohen Zeitaufwand erfordern würde, was aber wiederum unmöglich ist, da die ganze Nacht über rund um die Bank Polizeibeamte alle paar Minuten entlangpatrouillieren. Hinzu kommt, dass man sich gut im Gebäude auskennen muss, um den Tresor zu finden und …"

„Oder?", warf Father Brown wissbegierig ein. „Was ist die andere Möglichkeit, denn auf die wollen Sie ja zweifellos hinaus?"

„Oder", fuhr Maddox konzentriert fort, „es handelt sich um jemanden, der weiß, wo der Tresor steht und wo die Türschlüssel verwahrt werden, und der überdies in der Bank ein gutes Versteck kennt, in dem er sich kurz vor dem Schließen der Bank verbergen kann. Am Abend, nachdem alle Angestellten gegangen sind, muss er nur noch aus seinem Versteck kommen, den Geldschrank ausräumen und sich mit der Beute bis zum neuerlichen Öffnen der Bank am nächsten Morgen erneut verstecken. Dann kann er in einem günstigen Moment seinen Unterschlupf verlassen und das Haus wie ein gewöhnlicher Bankkunde hocherhobenen Hauptes und mit der Beute verlassen."

„Moralisch verwerflich, aber doch geschickt ausgedacht", bemerkte Father Brown mit einem ungebührlichen Vergnügen, das er nur unzureichend verbergen konnte.

„Durchaus, durchaus", murmelte Maddox mit leicht säuerlichem Blick. „Nun, ich will es nicht zu kompliziert machen, Sie ahnen gewiss schon, was als Nächstes kommt: Inspector Bromley überprüft die Angestellten der Bank. Natürlich ist keiner von ihnen vorbestraft, sonst hätte man sie ja gar nicht erst eingestellt, es gibt also bei der Polizei keine Akten über sie. Dann studiert er die makellos geführten Personalakten der Bank, die zuweilen bereits interessante Rückschlüsse auf den Charakter von Angestellten zulassen. Pünktlichkeit, Ordentlichkeit, Disziplin, wenn es hieran schon mangelt, ist der Schritt zum Verbrechen oft gar nicht mehr weit."

Father Brown hob begütigend die Hände: „Gebe Gott, dass ich nie der Polizei von Dublin als Verdächtiger in die Hände falle. Denn was Pünktlichkeit, Ordentlichkeit und Disziplin anbelangt, bin ich wahrlich nicht gerade ein leuchtendes Beispiel."

Maddox lachte. „Natürlich, natürlich, das allein hat noch nichts zu sagen, Father Brown, wir klagen niemanden an, weil er zweimal fünf Minuten zu spät gekommen ist. Es geht darum, sich ein Gesamtbild zu verschaffen. Aber: Es ist ein Indiz, ein erstes Indiz, das unsere Aufmerksamkeit erregt. Nicht mehr und nicht weniger. Also: Bromley vernimmt die Angestellten einen nach dem anderen. Bei den Männern fängt er an. In alphabetischer Reihenfolge. Jacob Burke ist der zweite in der Reihe. Bromley hält ihm den Ernst der Lage vor Augen und belehrt ihn, dass die Dubliner Richter bei einem Raub von solcher Größenordnung, verbunden mit dem Ansehensverlust für die Bank und dem Missbrauch einer Vertrauensstellung, keinerlei Milde walten lassen, sondern ein Exempel statuieren werden, und dass den Täter eine Haftstrafe von mindestens zwanzig Jahren erwartet. Eine bewährte Taktik, um Verdächtige nervös zu machen. Auf Burke scheint sie jedoch keinerlei Wirkung zu haben, und zunächst hat Bromley an dessen Aussage auch nichts zu beanstanden. Zwar hat der junge Mann für die Nacht kein Alibi, aber daran ist noch nichts Verdächtiges. Burke ist unverheiratet, lebt allein und hat laut seiner Aussage friedlich in seinem Bett geschlafen."

„Dass er kein Alibi hat, spricht eher *für* ihn", warf Father Brown nachdenklich ein. „Jeder halbwegs intelligente Verbrecher wäre wohl klug genug, sich ein falsches Alibi zu besorgen, zumindest dann, wenn er wie hier damit rechnen muss, zu dem kleinen Kreis der Verdächtigen zu gehören."

„Ganz genau so ist es. Grade die Unschuldigen haben oft

kein Alibi. Das kalkulieren wir durchaus mit ein." Maddox hustete und wischte mit der Hand ein paar Mal durch eine dicke Zigarrenwolke, die vom Nebentisch herübergezogen war, bevor er fortfuhr: „Aber wie gesagt: Bromley wäre nicht Bromley, wenn er auch nur das kleinste Detail unbeachtet ließe. Irgendwo in seinem riesigen Karteikasten von Gehirn ist der Name Burke fein säuberlich abgelegt. Natürlich nicht der Name von diesem Burke, sondern der des Vaters: Seamus Burke. Und hier zeigt sich ein weiterer Aspekt von Inspector Bromleys Genialität: Er vertraut stets auf seinen Instinkt. Er unterbricht stante pede die Vernehmungen und begibt sich unverzüglich zur Wohnung von Seamus Burke, wo er diesen auch antrifft, und beginnt, ihn zu verhören. Natürlich leugnet der alles, schwört auf alle Heiligen, dass er rechtschaffen geworden sei und wer weiß, was noch alles, was Verbrecher eben in so einer Situation sagen. Doch Bromley bleibt beharrlich. Er redet über fünf Stunden mit dem Mann. Er stellt Fragen und hört ganz genau zu. Wie ein Bergarbeiter hackt er Stück für Stück die winzigen Goldspuren der Wahrheit aus der Granitmine der Lügen dieses Mannes heraus. Vieles davon mag zunächst völlig unbedeutend sein, doch es kommt eins zum anderen und am Ende liegt unwiderlegbar zutage, was Burke getan hat. Er bricht zusammen und gesteht: In monatelanger Vorarbeit hat er seinen Sohn in unverfänglichen Gesprächen ausgehorcht und so Detail für Detail erfahren, alles, was er für die Tat benötigte. Was die ganze Sache besonders verwerflich macht, ist der Umstand, dass er ja damit rechnen musste, dass sein Sohn in Verdacht geraten und möglicherweise sogar ins Gefängnis kommen würde. Doch das konnte ihn nicht abhalten. Meiner Meinung nach ist das sogar der schlimmere Teil seines Verbrechens. Oder zumindest der schlimmere Teil *dieses* Verbrechens", korrigierte er sich. „Doch das alles würde ich Ihnen gar nicht erzählt haben, wenn nicht weit mehr dahinterstecken würde. Der furchtbare Teil meines Berichts kommt erst noch. Ich weiß nicht, wie Bromley es macht und was ihn in diesem speziellen Fall veranlasste, sich nicht an dieser Stelle zufrieden zu geben, wie es jeder andere Beamte wohl getan hätte. Der Fall war schließlich gelöst, der Täter gefasst und geständig, es gab nichts weiter zu tun. Ich könnte mir vorstellen – aber das wäre wirklich nur geraten –, dass Bromley sich fragte, wie es möglich sein soll, dass ein Mann, der angeblich so gläubig ist, gleichzeitig so hinterhältig seinen eigenen Sohn ans Messer liefert, um selbst unbeschadet davonzukommen."

„In der Tat, das passt nicht zusammen", bemerkte Father Brown nachdenklich.

„Ganz recht. Dazu gehört ein ruchloser, ja geradezu teuflischer Charakter. Also gräbt Bromley tiefer. Für ihn sind Verbrecher wie Eisberge, die im Meer treiben. Man sieht nur den Teil, der sich über der Wasseroberfläche befindet, der weitaus größere Teil ist aber darunter verborgen. Vielleicht sollten wir alle viel mehr wie Inspector Bromley denken, aber wahrscheinlich ist es eine besondere Gabe, und ehrlich gesagt, mir fehlt einfach die Zeit dazu. Denn kaum ist ein Fall abgeschlossen, wartet doch bereits der nächste. Doch Bromley nimmt sich die Zeit und der Erfolg gibt ihm recht. Er hat stets den richtigen Riecher und sieht die winzigen Verbindungen oder Zufälle oder Übereinstimmungen, oder was weiß ich, was er sieht. *Vermutlich könnten Sie an der Börse ein Vermögen verdienen,* hab ich ihm mal gesagt, doch er winkte nur ab und meinte, dass er nur von Polizeiarbeit etwas verstünde, und wahrscheinlich hat er recht."

„Genug von Inspector Bromley", sagte Father Brown sanft, „kommen wir doch nun zum teuflischen Teil Ihres Berichts."

„Natürlich, verzeihen Sie meine Abschweifungen, aber ohne diese wird nicht verständlich, wie außergewöhnlich es ist, dass diese Verbrechen überhaupt aufgeklärt wurden."

„Mehrere Verbrechen?" Father Brown nippte vorsichtig an seiner Milch.

„Vier weitere, um genau zu sein. Vier Morde. Also: Bromley verhört diesen Burke. Drei Tage lang, von morgens bis abends. So harmlos Bromley auch aussieht, er hat etwas von einem Bullterrier. Wenn er sich in etwas verbeißt, ist er nicht mehr abzuschütteln. Mit jedem Detail, das Burke preisgibt, wird das Bild klarer. Einige Details wecken bei Bromley Erinnerungen an frühere Fälle, an ungelöste Fälle, und er beginnt die entsprechenden Akten ebenfalls Detail für Detail zu studieren. Dann hält er sie Burke vor. Der bleibt zunächst halsstarrig, doch schließlich, unter der Fülle der Indizien und Beweise, die Detective Bromley ihm auftischt, bricht er zusammen. Seamus Burke gesteht vier Morde. Grauenhaft bestialische Morde. Die Zeitungen waren seinerzeit voll davon. Drei Morde *vor* seiner letzten Haftstrafe und einen *danach*. Morde, mit denen er keinerlei Gewinn machte, sondern die einfach nur seine blanke Mordlust befriedigten. Wie ich schon sagte: Verbrecher bleibt Verbrecher, daran ändert auch die längste Gefängnisstrafe nichts. So religiös sie auch nach außen hin tun mögen. Ich glaube, lieber Father Brown, dass Sie nachts nicht mehr schlafen könnten, wenn Sie wüssten, was Ihnen Ihre braven Gemeindeschäfchen während der Beichte alles *nicht* erzählen. Sehr häufig wird es nur die halbe Wahrheit sein, glauben Sie nicht auch?"

„Ich fürchte wohl, dass Sie recht haben", erwiderte Father Brown in Gedanken versunken. „Oft ist es nur die halbe Wahrheit."

„Nun, in diesen fünf Fällen ist am Ende doch noch die Wahrheit ans Licht gekommen. Die *ganze* Wahrheit. Seamus Burke wird niemals wieder ein Verbrechen begehen. Er sitzt wieder im Kilmainham-Gefängnis, in der sichersten Zelle, die sie dort haben, und soll dort, wie ich hörte, zur Erheiterung der Wärter Tag und Nacht um ein Wunder beten, was natürlich, Verzeihung, Father Brown, grotesk ist. Wie sollte dieses Wunder denn aussehen? Sollen seine Opfer wieder von den Toten auferstehen? Nein, wenn nicht plötzlich das Gefängnis einstürzt wie die Mauern von Jericho, dann wird Seamus Burke in drei Tagen gehenkt."

Nachdenklich trank Father Brown die Milch aus. Seine Augen hatten einen fiebrigen Glanz angenommen und starrten verloren ins Nichts. Maddox blickte auf das Glas des Priesters und sein eigenes, das ebenso leer war. „Ich werde uns noch etwas zu trinken holen."

„Lassen Sie *mich* das tun", entgegnete Father Brown und war bereits aufgesprungen. „Mein Rücken ist schon ganz steif vom Sitzen." Und bevor Maddox etwas entgegnen konnte, hatte sich der Priester in das tabakrauchverhangene Gewimmel begeben und war gleich darauf nicht mehr zu sehen. Inspector Maddox zündete sich eine Zigarre an, nahm zufrieden einige Züge und blies Rauchringe in die Luft. Es dauerte einige Minuten, bis in der Menge der sich bewegenden Gestalten endlich wieder die kugeligen Umrisse Father Browns sichtbar wurden, zwei volle Gläser in den Händen, auf die er mit beinahe ängstlicher Umsicht blickte, um nur nichts zu verschütten. Nachdem er sie auf dem Tisch abgesetzt hatte, sank er erleichtert auf seinen Stuhl. Maddox nahm sogleich einige kräftige Schlucke Bier, das viele Reden hatte ihn durstig gemacht. Neugierig beugte er sich vor. „Nun, Father Brown, was halten Sie von dieser Geschichte?"

Die Augen des Priesters schienen auf einen bestimmten Punkt gerichtet zu sein. Dann begannen sie zu wandern. „Es erschüttert mich immer wieder", sagte er schließlich leise, „zu was für Teufeln manche Menschen werden können."

„Als Polizist sollte ich mich wohl daran gewöhnt haben", erwiderte Maddox, „doch ich muss gestehen, Hochwürden, dass es auch mir nach all den Jahren immer wieder so geht."

„Nun, zumindest *der* Fall ist gelöst."

Maddox lächelte zufrieden: „Ja, das ist er."

Father Brown lächelte schüchtern. „Nein, nicht *dieser* Fall. Der andere."

„Der andere? Sprechen Sie von etwas anderem als dem Fall Burke, Hochwürden?"

„Es gibt keinen Fall Burke, mein lieber Freund."

„Aber den habe ich Ihnen doch gerade erzählt, und Sie sagten doch noch gerade eben, wie sehr es Sie erschüttert, was für Teufel manche Menschen sein können."

Father Brown senkte verlegen den Kopf: „Oh, es tut mir leid, ein Missverständnis. Als ich das sagte, sprach ich nicht von Seamus Burke."

„Von wem dann, um Himmels willen?"

„Von Inspector Bromley natürlich."

„Sie scherzen, lieber Freund."

„Keineswegs. Es ist wie mit den bunten Türen heute Morgen. Wir gehen durch die falschen, weil sie wie die richtigen aussehen, und meiden die richtigen, weil sie wie die falschen aussehen."

„Sie sprechen in Rätseln, Hochwürden."

„Gut, lassen Sie mich Ihnen auch eine Geschichte erzählen."

„Nur zu." Inspector Maddox versuchte, sich seine Verwirrung nicht allzu sehr anmerken zu lassen.

„Kennen Sie Ockhams Rasiermesser?"

Maddox zögerte: „Ist das nicht diese philosophische Theorie, dass meistens die einfachste Erklärung auch die richtige ist?"

„So ist es. Ich wende sie bei jedem rätselhaften Vorgang stets zuerst an, meistens mit Erfolg."

„Gut, aber was hat das mit diesem …?"

„Wenden wir Ockhams Rasiermesser auf das an, was Sie den Fall Burke nennen: Da ist ein Dieb, der niemandem je ein Haar gekrümmt hat. Während seiner dritten Haftstrafe schwört er dem Verbrechen ab und wird ein gläubiger Mensch, wie viele Menschen, wenn sie an das Ende ihres Lebensweges kommen. Nach seiner Entlassung sucht er sich eine Arbeit. Sein Sohn arbeitet in einer Bank. Er ist der Erste in der ganzen Familie, der von Anfang an einer ehrlichen Arbeit nachgeht. Eines Nachts wird die Bank bestohlen. Von jemandem, der sich dort gut auskennen muss. Also höchstwahrscheinlich einem Bankangestellten. Am ehesten von dem einzigen Angestellten, der in einer kriminellen Familie aufgewachsen ist: Jacob Burke."

„Sie meinen, dass er *doch* den Diebstahl begangen hat, Father Brown?"

„Ich bin sicher, dass es so ist."

„Gut. Möglich. Aber Moment, Seamus Burke hat die Tat gestanden."

„Um seinem Sohn das Gefängnis zu ersparen. Seamus ist alt, aber sein Sohn hat noch das ganze Leben vor sich. Der Vater opfert sich für den Sohn. Offenbar ist Seamus Burke im Gefängnis wirklich zu einem wahren Christen geworden."

„Ist er nicht", erwiderte Maddox sofort. „Seamus Burke hat auch die vier Morde gestanden."

„Die hat er ebenfalls nicht begangen."

„Wie? Hat die etwa auch sein Sohn …?"

„Möglich. Aber äußerst unwahrscheinlich."

„Aber warum hat Seamus Burke sie dann gestanden?", rief Maddox verärgert aus.

„Weil Inspector Bromley das von ihm verlangte", antwortete Father Brown ruhig.

„Wie? Was?"

„Lassen Sie mich meine Geschichte weitererzählen, mein lieber Maddox. Also: Wir haben einen Vater, der glücklich darüber ist, dass sein Sohn als Erster in der Familie einer ehrlichen Arbeit nachgeht. Plötzlich erscheint Inspector Bromley in seiner Wohnung und konfrontiert ihn mit den Anschuldigungen gegen seinen Sohn. Vielleicht sagt er sogar, dass er Beweise dafür hat."

„Was ja in einem Verhör normale Vorgehensweise ist", warf Maddox verteidigend ein.

„Durchaus, durchaus", erwiderte Father Brown hastig. „Jedenfalls: Der Vater gerät in Panik. Instinktiv weiß er, dass sein Sohn die Tat begangen hat. Was tut er? Er opfert sich für seinen Sohn und gesteht die Tat, die er gar nicht begangen hat. Und das ist der Moment, wo Detective Bromley Blut wittert. Er ahnt, was vor sich geht, und verhört den Alten so lange, bis er sicher ist, dass dieser lügt. Das ist sehr einfach, weil der Alte keine einzige Frage zum Tathergang richtig beantworten kann. Wie auch? Er war ja nicht dort. Bromley ist jetzt sicher, dass der Vater unschuldig und der Sohn schuldig ist. Und nun geschieht das, weswegen ich Inspector Bromley als Teufel bezeichne: Er holt sich die abgelegten Akten mit den unlösbaren Fällen und fragt sich Folgendes: Wenn der Alte bereit ist, für seinen Sohn unschuldig ins Gefängnis zu gehen, was wird er noch alles tun, um ihm dies zu ersparen? Sie sagten, das Verhör dauerte mehrere Tage. Möglich, dass Bromley in kleinen Schritten vorging. *Gestehen Sie noch diese Kleinigkeit und noch jene*, immer verbunden mit der Drohung, sonst den Sohn ins Gefängnis zu schicken. Und darauf baute Bromley dann wieder etwas anderes auf. Vielleicht sagte er so etwas wie: *Gestehen Sie, dass Sie da und da waren, um etwas zu stehlen*, ohne ihm jedoch zu sagen, dass dort ein Mord stattgefunden hat. So türmt sich langsam Beweis auf Beweis. Was in der Aussage stehen muss, kann Bromley ja präzise den Akten entnehmen. Am Ende gibt es einen Turm von Beweisen und der alte Mann ist nach dem tagelangen Verhör so zermürbt und verwirrt, dass er das Geständnis unterschreibt, das der Inspector ihm vorlegt."

Am Tisch herrschte Stille. Maddox starrte ungläubig auf den Priester.

„Und ich sollte noch erwähnen", fügte Father Brown leise hinzu, „dass die anderen *unlösbaren* Fälle, deren sich Inspector Maddox annahm, vermutlich auf ähnliche Weise ‚gelöst' wurden. Vielleicht konnte er überführte Mörder, die sowieso gehenkt würden, überzeugen, weitere Morde zu gestehen, im Gegenzug für irgendwelchen Vergünstigungen. Diese Leute hatten ja nichts mehr zu verlieren, da man ja nur einmal gehenkt werden kann."

Inspector Maddox griff mit beiden Händen zu seinem Bierglas, als müsse er sich an irgendetwas festhalten. Hinter seiner umwölkten Stirn arbeitete es. Schließlich räusperte er sich und lachte sogar kurz auf. „Eine äußerst fantasievolle Geschichte, lieber Freund, das muss ich schon sagen, aber sprachen Sie selbst nicht vor ein paar Minuten von Ockhams Rasiermesser? Das Offensichtliche ist meist die Wahrheit? Und das Offensichtliche in diesem Fall ist: Ein Verbrecher begeht mehrere Verbrechen und ein Polizist überführt und verhaftet ihn."

Er nahm einen kräftigen Schluck und fügte versöhnlich lächelnd zu: „Obwohl ich ja gestehen muss: Es ist überaus fantasievoll ausgedacht und rein theoretisch *könnte* es auch so gewesen sein."

„Ich *weiß*, dass es so gewesen ist", bemerkte Father Brown schlicht.

Maddox lachte auf. „Können Sie etwa hellsehen, Hochwürden?"

„Hellsehen nicht. Aber ich kann *sehen*. Und als ich eben an der Bar auf unsere Getränke wartete, schrieb ich Inspector Bromley ein kleines Briefchen, das ich ihm von einem Kellner überbringen ließ. Darin stand in etwa das, was ich Ihnen gerade erzählt habe, verbunden mit der frommen Lüge", er bekreuzigte sich, „offenbar hat Bromleys Verhalten auch schon auf mich abgefärbt, also verbunden mit der frommen Lüge, dass ich Beweise für seine Taten hätte und sie morgen früh seinem Vorgesetzten vorlegen würde. Und als ich dann sah, wie Bromley beim Lesen erbleichte, daraufhin aufsprang und irgendeine Entschuldigung murmelnd fluchtartig den Pub verließ, war ich sicher, dass er meinen kleinen Test nicht bestanden hatte." Er nippte an seiner Milch.

„Aber wenn Sie nicht mal sicher waren, wie konnten Sie das tun? Sie hätten einen Unschuldigen zu Tode erschrecken können."

„Wenn er unschuldig gewesen wäre, hätte er meinen Brief nicht verstanden und ihn für einen bedeutungslosen Irrtum oder dummen Scherz gehalten."

„Gut. Dennoch muss sein Aufbruch nichts heißen", entgegnete Maddox. „Vielleicht musste er einfach schnell irgendwo hin."

„Ganz gewiss musste er das", schmunzelte Father Brown. „Und zwar so weit wie möglich weg von Dublin. Sie werden erkennen, dass ich recht habe, wenn er morgen früh nicht zum Dienst erscheint. Und überhaupt nie mehr."

Maddox erstarrte. „Aber wenn das so ist, wie Sie sagen, warum in drei Teufels Namen haben Sie den Mann gewarnt und ihm so die Flucht ermöglicht."

„Es schien mir der schnellste und sicherste Weg zu sein, Seamus Burke vor der Hinrichtung zu bewahren. Sie sagten ja selbst, dass nur ein Wunder Burke noch retten könne. Bromley anzuklagen, würde viel zu lange dauern, zumal er ja wohl so lange wie möglich alles leugnen würde. Sagen Sie Burke nur, dass Bromley geflohen ist, und ich verspreche Ihnen, er wird seine Mordgeständnisse widerrufen. Und dasselbe gilt auch für die anderen angeblichen Täter von Bromleys *unlösbaren* Fällen – falls sie noch am Leben sind."

Maddox starrte düster auf die Spitze der erloschenen Zigarre in seiner Hand. „Dass wir das nicht gesehen haben!"

Father Brown klopfte ihm freundlich auf die Schulter. „Im Grunde haben Sie doch alles gesehen und daraus Schlüsse gezogen. Sie haben es nur auf die falschen Personen angewandt."

Inspector Maddox war ein einziges Fragezeichen.

„Sie sagten doch, dass das Äußere täuschen kann", erklärte Father Brown geduldig, „nur Sie sagten es in Bezug auf Burke, wo Sie es doch auf Bromley hätten anwenden sollen. Andererseits beschuldigten Sie Bromley, die Arbeit anderer für seine eigene auszugeben, was Sie wiederum besser auf Burke bezogen hätten." Er kicherte leise in sich hinein.

Maddox nickte erschüttert. „Sie haben mit allem recht, Father Brown, doch verraten Sie mir bitte eins: Was hat *Sie* auf die Spur von Inspector Bromley gebracht?"

Father Brown lächelte. „Das war der Witz."

„Wie bitte? Etwa der Witz von Constable O'Reilly?"

„Nicht der Witz selbst, aber die Art, wie Bromley ihn ständig unterbrach."

„Ich verstehe immer noch nicht."

„Wissen Sie, lieber Freund, ich muss allwöchentlich Menschen die Beichte abnehmen. Ich kenne mich aus damit. Und als Sie mir erzählten, dass Bromley in Verhören die kleinsten Unstimmigkeiten entdeckte, kam mir das seltsam vor."

„Aber warum denn nur?", rief Maddox verwirrt.

Father Brown wischte sich vorsichtig etwas Milch vom Mund: „Der Mann kann nicht zuhören."

* * *

Über den Autor

T. H. Lawrence, geboren am 16.4.1889 (nach anderen Quellen 1887) in Stoke-on-Trent (England), gestorben am 5.8.1964 in Vevey (Schweiz), gehört zu den bedeutendsten britischen Schriftstellern des zwanzigsten Jahrhunderts. Da Lawrence zeitlebens das Licht der Öffentlichkeit scheute und sein Privatleben streng abschirmte (so existiert zum Beispiel kein einziges Foto von ihm), ranken sich um sein Leben zahllose Legenden, bei denen Wahrheit und Fiktion kaum zu unterscheiden sind – ein Umstand, der Generationen von Literaturwissenschaftlern einiges Kopfzerbrechen bereitet hat. Gesicherte Fakten über Lawrence sind nur spärlich vorhanden: Erziehung und Ausbildung in Eton und Cambridge. Dort erste literarische Versuche (zwei Gedichtbände, Theaterstück „Salome"), alle verschollen. Im Ersten Weltkrieg Kriegsberichterstatter für Reuters in Flandern. Gleichzeitige Tätigkeit für den Britischen Geheimdienst. Von einer Verwundung am Bein durch einen Granatsplitter behält er ein leichtes Hinken zurück, welches er durch eine spezielle Gangtechnik zu kaschieren versucht.

Nach dem Krieg ausgedehnte Reisen durch Italien, USA und Indien, wo er schwer an Malaria erkrankt. Mehrere Bände mit Essays erscheinen.

Zwischen 1927 und 1934 verfasst er sechs Romane, die von sämtlichen Verlagen abgelehnt werden und die er eines Nachts in einem Wutanfall alle verbrennt.

1937 der literarische Durchbruch mit dem ersten Percival-Danby-Roman „Mord auf Asher Castle", den er unter dem Pseudonym Guy McLean veröffentlicht. Die Mischung aus komischen Dialogen und raffinierter Krimihandlung ist sofort ein Welterfolg. Hollywoodproduzent David O. Selznick bietet Lawrence sechstausend Dollar (heutiger Wert inflationsbereinigt: Eins Komma eins Millionen Dollar) für die Filmrechte unter der Bedingung, dass die Hauptrolle an Clark Gable geht. Lawrence lehnt ab, da für ihn nur ein britischer Schauspieler infrage kommt. Im Laufe der nächsten Jahrzehnte schreibt Lawrence zahlreiche weitere höchst erfolgreiche Percival-Danby-Romane, die in siebenunddreißig Sprachen übersetzt werden.

1959 erwirbt Lawrence ein kleines Schloss am Meer in der Nähe von Perpignan, Südfrankreich, und lebt von nun an abwechselnd dort und in seinem Stadthaus am Wellington-Square in London.

1961 Erhebung in den erblichen Adelsstand durch Queen Elizabeth II. Am 5.8.1964 kommt Lawrence unter nie geklärten Umständen bei einem Bootsunglück auf dem Genfer See bei Vevey ums Leben.

In der neueren Lawrence-Forschung wird teilweise die Theorie vertreten, dass T. H. Lawrence nie gelebt hat und dass es sich bei ihm in Wirklichkeit um den 1964 in Hannover geborenen Autor Stefan Lehnberg handelt.

* * *

Stefan Lehnberg ist ein wahres Multitalent. Schauspiel, Regie, Schriftstellerei – in all diesen (und zahllosen weiteren) Bereichen ist der Wahlberliner unglaublich erfolgreich. Er ist nicht nur der Verfasser mehrerer Theaterstücke, sondern war unter anderem als Autor für Harald Schmidt und Anke Engelke tätig. Seine tägliche Radiocomedy „Küss mich, Kanzler", bei der er als

alleiniger Autor, Regisseur und männlicher Hauptdarsteller fungierte, hat es in dreizehn Jahren auf über 3000 Folgen gebracht und sein Roman „Mein Meisterwerk" wurde mit dem Ephraim-Kishon-Satirepreis ausgezeichnet. Weitere Höhepunkte seiner Karriere markieren die Veröffentlichung von „Comedy für Profis – Das Praxisbuch für Autoren und Comedians", „Das persönliche Tagebuch von Wladimir Putin", die drei Goethekrimis „Durch Nacht und Wind", „Die Affäre Carambol" und „Die Briefe des Ikarus", sowie der unter dem Pseudonym Guy McLean erschienene humoristische Krimi „Lord Danby – Mord auf Asher Castle".

Außerdem sieht er gut aus, ist hochintelligent und verfügt über einen edlen Charakter. Doch ist ihm nichts davon zu Kopfe gestiegen. Im Gegenteil: Er ist immer der sympathische Kumpel von nebenan geblieben, der sich auch keineswegs zu schade ist, mal ein paar biografische Zeilen über sich selbst zu schreiben.

www.Lehnberg.com

Guy McLean

**Lord Danby –
Mord auf Asher Castle
Der erste Fall**

Ein englischer Landhauskrimi in der
Tradition von Agatha Christie

Urkomisch, skurril und typisch britisch – der humorvolle
Landhauskrimi „Lord Danby – Mord auf Asher Castle" von
Guy McLean als E-Book und Taschenbuch bei dotbooks.

England, 1936: Eigentlich sollte es nur ein Gefallen für seinen Freund Chief Inspector Grover sein, als Lord Danby
ihn spontan zu einem Dinner auf Asher Castle begleitet.
Dort sind allerdings noch elf andere illustre Gäste geladen
– und einer von ihnen ist ein eiskalter Mörder! Doch was
könnte sein Motiv sein, sie einen nach dem anderen aus
dem Weg zu räumen – und was sollten etwa eine versnobte
Adelsdame, ein hitzköpfiger Argentinier, ein Bankier und
ein Kommunist gemeinsam haben? Durch heftigen Schnee-
fall von der Außenwelt abgeschnitten, kann Inspector Grover nicht verhindern, dass sich die exzentrischen Gäste auf
mannigfaltige Art in Gefahr begeben. Derweil sinniert Danby an der Weinbar darüber, dass der Täter, der bald erneut
zuschlägt, mit einem nicht gerechnet hat – nämlich mit ihm!

Ein Krimi wie von Agatha Christie – nach dem Genuss
mehrerer Gläser ausgezeichneten Portweins: der große Rei-

henauftakt um Percival Danby, den faulsten Detektiv des englischen Königshauses.

Guy McLean begeistert mit einem ikonischen Ermittler und einem Humorfeuerwerk der Extraklasse. Weitere Bände in Vorbereitung.

* * *

Stefan Lehnberg

Die criminalistischen Werke des Johann Wolfgang von Goethe. Aufgezeichnet von seinem Freunde Friedrich Schiller

**Band 1
Durch Nacht und Wind**

Der Großherzog von N. ist zutiefst beunruhigt. Er hat einen Brief erhalten, in dem behauptet wird, dass ein Smaragdring, der sich in seinem Besitz befindet, mit einem alten Fluch beladen sey. Dieser soll unfehlbar den Tod seines Besitzers herbeiführen. Goethe und Schiller werden zur Hülfe gerufen ...

Band 2
Die Affäre Carambol

Gerade saßen Goethe und Schiller noch bei der Frau Mama zum Tee, schon sind sie wieder in einen criminalistischen Fall verwickelt! Mysteriöse Mehllieferungen lassen vermuten, dass sich in Franckfurth eine Verschwörung anbahnt. Ein Glück, dass die scharfsinnigen Detective zur Stelle sind, um die Stadt vor einer Katastrophe zu bewahren.

* * *

Band 3
Die Briefe des Ikarus

Während sich ganz Weimar auf die anstehende Hochzeit des Fürstensohnes vorbereitet, verschwinden Siegel und Briefpapier aus dem fürstlichen Schreibzimmer. Können Goethe und Schiller einen Scandal verhindern und den Dieb stellen? Eine abenteuerliche Verfolgungsjagd durch halb Europa beginnt …

Als gebundene Bücher und E-Books beim Tropen-Verlag.